青少版经典名著书库

青 鸟

[比]莫里斯·梅特林克 著　　爱德少儿编委会 编译

爱德少儿编委会

主　编：童　丹
副主编：陈慧颖
编　委：安　心　董　悦　方舒梦　郭怡杉
　　　　雷蕴涵　李　恒　李可宜　刘国华
　　　　任仕之　桑一诺　沈　晨　向志楠
　　　　许　超　杨　丹　张重庆

浙江古籍出版社

图书在版编目（CIP）数据

青鸟/（比）莫里斯·梅特林克著；爱德少儿编委会编译. —杭州：浙江古籍出版社，2022.5（2024.5 重印）

（青少版经典名著书库）

ISBN 978-7-5540-2241-2

Ⅰ.①青… Ⅱ.①莫…②爱… Ⅲ.①童话－比利时－现代 Ⅳ.①I564.88

中国版本图书馆 CIP 数据核字（2022）第 058086 号

青　鸟

［比］莫里斯·梅特林克　著　　爱德少儿编委会　编译

出版发行	浙江古籍出版社
	（杭州体育场路 347 号　电话：0571-85068292）
网　　址	https://zjgj.zjcbcm.com
责任编辑	张　莹
责任校对	安梦玥
装帧设计	爱德少儿
责任印务	楼浩凯
照　　排	湖北省爱德森森文化传播有限公司
印　　刷	河南华彩实业有限公司
开　　本	695mm×980mm　1/16
印　　张	7
字　　数	90 千字
版　　次	2022 年 5 月第 1 版
印　　次	2024 年 5 月第 5 次印刷
书　　号	ISBN 978-7-5540-2241-2
定　　价	16.00 元

如发现印装质量问题，影响阅读，请与印刷厂联系调换。

前 言

莫里斯·梅特林克(1862—1949),比利时剧作家、诗人、散文家。他凭借充满诗意和奇想的象征派剧作被誉为"比利时的莎士比亚",并于1911年荣获诺贝尔文学奖。《青鸟》是其象征派戏剧的典范之作,也是欧洲戏剧史上一部熔神奇、梦幻、象征于一炉的杰作。

梅特林克认为世人把追求物质享受作为幸福是一种错觉,凡事应该向内心深处求索。正如其名言:"理解生活比改造生活重要得多,因为生活一旦被理解,它就会自愿改变。"

什么是幸福?幸福在什么地方?《青鸟》会给你一个美丽的答案。

《青鸟》讲述的是樵夫家的孩子狄狄和美狄为救邻居家的女孩,在光明的引导下,历尽艰辛寻找象征幸福的青鸟的故事。他们在平安夜出发,历经思念之乡、夜宫、光的庙宇、未来之国、墓地、森林,最后,当他们在圣诞节早晨回到家中,却发现青鸟就在自己家里。当治好了邻居家女孩病的青鸟突然飞得无影无踪时,主人公却说,他知道青鸟藏在什么地方……

《青鸟》原是莫里斯·梅特林克写的一部童话剧本。后来他的妻子乔治特·莱勃伦克为方便少年儿童阅读,又加工改写成这部同名散文童话。

这部童话的主题正如书中所说:"我们给人以幸福,自己才更接近幸福。"光明指给主人公的是一条"通过善良、仁爱、慷慨而到达幸福的道路"。作者说:"我们每一个人都寻求着自己的幸福,其实幸福并不是这样难得的,如果我们经常怀着无私、善良的意愿,那幸福就在咫尺。"

  这部童话采用民间故事的主题和手法,富于诗意,故事优美,令人陶醉。

目录
CONTENTS

第一章	樵夫小屋	1
第二章	仙女宫殿	17
第三章	思念之乡	26
第四章	夜　宫	35
第五章	未来之国	48
第六章	光的庙宇	64
第七章	墓　地	68
第八章	森　林	75
第九章	告　别	87
第十章	醒　来	94

《青鸟》读后感 …………………………………… 104

参考答案 …………………………………………… 106

第一章 樵夫小屋

M 名师导读

平安夜的晚上,樵夫的儿子狄狄和女儿美狄见到了仙女,她想让两个孩子为自己生病的女儿寻找青鸟。仙女赐予狄狄一颗魔钻,魔钻召来了一些物品和动物的灵魂。他们的吵闹声惊醒了爸爸,狄狄在惊慌之下无法使他们恢复原样。爸爸会发现吗?他们是怎么解决的?

从前,有一片森林,森林旁边有一所小房子,这所小房子里面住着一位樵夫和他美丽的妻子,还有两个人见人爱的孩子。【写作借鉴:开篇交代人物和故事背景,引出下文。】我们要讲述的就是这两个孩子的一段神奇的经历。

不过,首先让我们来了解一下这两个孩子的性格。没有他们的善良、勇气和坚持,这个神奇的故事就不会发生。

我们的主角是十岁的男孩狄狄和他六岁的妹妹美狄。

狄狄是个英俊的孩子,长得又高又壮,成天活蹦乱跳,总能把一头乌黑的鬈发搞得乱蓬蓬的。他爽朗的笑容、乖巧的小脸,还有明亮的眼睛都很讨人喜欢,但重要的是,他是个非常勇敢的小男子汉,有一颗善良的心。每天清早,他都会和当樵夫的狄尔爸爸一起踏上森林里的小道。即使他穿着破旧的衣服也依旧显得气宇轩昂、容光焕发,仿佛世间一切美好的事物都在欢迎他,向他展露笑脸。

他妹妹的性格与他迥然不同。【写作借鉴:本句话既是本段的总起句,又是本段的过渡句,具有承上启下的作用。】她穿着妈妈为她缝补得干净

青鸟

整洁的连衣裙，显得格外动人。不同于哥哥黑色的头发，美狄的头发是金色的，她还有一双害羞的大眼睛，蓝莹莹的，像原野上盛开的勿忘我。美狄天生胆小，什么都能把她吓一跳，一点儿小事也能让她哭哭啼啼，尽管如此，她已经具备了拥有爱心和内心温柔这些女孩子特有的美德。她很爱哥哥，对哥哥很忠诚，可以毫不犹豫地和他一起踏上漫长危险的旅程，绝不会把他抛下。

下面要讲述的，就是某天夜里，两个孩子闯进神秘世界寻找幸福的历程。

狄狄家的小屋是这一带房屋中最破旧的，跟对面那座富人家居住的华丽大房子一比，就显得更可怜了。透过小屋的窗户，他们可以看到夜晚时分大房子里灯火辉煌的餐厅和客厅，还有白天在露台、花园和温室里玩耍的孩子。那些温室里开满了珍贵的鲜花，连镇上的人也会走远路过来参观。

<u>像往常一样，狄狄的妈妈安顿孩子们上了床，但是她的晚安吻却比平常更显亲热。她有些伤心，由于风雪交加，狄狄的爸爸没法进森林去砍柴，她也就没有钱买礼物放进狄狄和美狄的圣诞袜里。</u>【名师点睛：交代故事发生的背景。"伤心"一词体现了妈妈心中的无奈与愧疚。】孩子们很快就睡着了，世界安宁寂静，耳边只有猫的咕哝、狗的呼噜和大木钟嘀嗒嘀嗒的声音。忽然，一道非常强烈的光穿透了百叶窗，桌上的灯自己亮了起来。两个孩子被惊醒了，打着哈欠，揉着眼睛，在床上伸懒腰。狄狄小心地喊了一声：

"美狄？"

"什么事，狄狄？"美狄问道。

"你睡了吗？"

"你呢？"

"没有，"狄狄说，"我不是在同你说话吗？当然没睡了。"

"今天是圣诞节吧？"美狄问。

"还不是,明天才是。不过今年圣诞老人不能给我们带礼物了。"

"怎么啦?"

"听妈妈说,她无法进城告诉圣诞老人。但是,明年圣诞老人仍然会来的。"

"明年很远吗?"

"挺远的,"小男孩说,"不过他今晚会去拜会那些富家孩子。"

"是吗?"

"看!"狄狄突然喊道,"妈妈忘熄灯了!……我有个想法!"

"什么想法?"

"我们现在起床。"

"那怎么可以。"美狄说,她总是记着妈妈说过的话。

"反正没人!……你瞧见窗户那边了吗?"

"啊!真明亮!"

"那是宴会的光亮。"

"什么宴会?"

"街对面富家孩子办的宴会。那是圣诞树上的灯光,我们把窗子打开……"

"行吗?"美狄怯生生地问道。

"没问题,没人拦着我们……你听到乐曲声了吗?……我们起来。"

<u>两个孩子跳下床,跑到窗户前,爬到凳子上,推开窗户。耀眼的光刹那间照亮了房间。他俩迫不及待地把目光投向这光亮的来源处。</u>【写作借鉴:"跳""跑""爬""推"一系列动作描写,表现了兄妹俩急于看到宴会情景的迫切心理;"迫不及待"生动地表现出兄妹俩对富人家孩子的羡慕与对拥有这样美好的圣诞节的渴望。】

"都看见了!"狄狄说。

"我什么也看不到。"可怜的美狄说,她在凳子上甚至没落脚的地方。

"下雪了!"狄狄说,"过来两辆马车,都是六匹马拉的!"

▶ 青鸟

美狄用力地踮起脚,努力把头探出窗外张望着:"出来了十二个小男孩!"

"你真笨!……是小女孩……"

"他们全穿着男孩子的裤子呢……"

"闭嘴……瞧!圣诞树!"

"在树枝上挂着的东西是什么呀?金光闪闪的。"

"肯定是玩具啦!"狄狄说,"剑啦,枪啦,士兵啦,大炮啦……"

"那桌上放的又是什么呢?"

"当然是蛋糕、水果、奶油馅饼。"

"孩子们真美啊!"美狄拍着手叫道。

"他们笑得多快活!"狄狄如痴如醉地说。

"小孩子们都在翩翩起舞!……"

"对,对,咱们也跳吧!"狄狄喊道。

兄妹俩于是在凳子上激动地跺起脚来。

"哎呀,真好玩!"美狄说。

"他们在分蛋糕呢!"狄狄叫道,"他们已经把蛋糕拿到手里了!……他们吃起来了!正吃呢!正吃呢!……多漂亮的蛋糕啊,多美啊!……"

〔写作借鉴:语言描写,作者站在儿童的角度列出很多儿童喜爱的美味食物,以及兄妹俩开心的情态,符合人物特征,充满了童真童趣。一连串的感叹句进一步体现出兄妹俩对富人家孩子无比美慕之情。〕

美狄开始数自己心中的蛋糕:

"我有十二个!……"

"我有四个十二个!"狄狄说,"但是我能给你一些……"

两位小朋友欢呼雀跃着,完全沉醉在其他孩子的欢乐里,忘记了自己的一无所有。不过,不久他们就将得到他们渴望的东西。

忽然,传来一阵重重的敲门声,孩子们惊恐万分,立刻停了下来,呆若木鸡。大门闩突然自己升起来了,发出吱吱的声音。门慢慢地开了,进来一位瘦小的老婆婆,穿着绿衣服,戴着红色的兜帽。她驼着背,腿有点瘸,瞎了一只眼,鼻子和下巴快要凑到一块儿了。【写作借鉴:这句话是对老婆婆外貌的描写,暗示此人身份不一般。】她拄着一根拐棍,蹒跚前行,两个孩子认出她是仙女。

她一瘸一拐地走到孩子们面前,用带点鼻音似的声音说:

"你们这儿有能唱歌的草或者青色的鸟吗?"

"我们有草,"狄狄颤抖着答道,"但是它不会唱歌……"

"狄狄有一只鸟。"美狄说。

"不过我不能给你,因为它属于我。"小男孩抢着说。

这不是最好的原因吗?

仙女拿起她的大圆眼镜,仔细瞧了瞧鸟儿。

"这只鸟的颜色不够青,"她大声说道,"我一定要一只青鸟。这全是为了我的小女儿,她病得很严重……你们明白青鸟意味着什么吗?不清楚?我猜你们也不清楚。既然你们都是好孩子,我就和你们说说吧。"

仙女把弯弯的指头放到她又长又尖的鼻子上,用神秘的口吻说:

"青鸟象征着幸福。我希望你们懂得,要治好我小女儿的病,她一定要得到幸福才行。【名师点睛:点明仙女想要得到青鸟的原因。】因此我现在要求你们到世界上去为我找到青鸟。你们很快就得出发……你们知道我是谁吗?"

两个孩子不解地互相看了一眼。其实,他们从未看见过仙女,因此当仙女出现在他们面前时,他们不禁有点胆怯。可是,狄狄很快就礼貌地回答道:

"您和我们的邻居贝尔兰戈太太有点相似……"

狄狄认为这样说是在取悦仙女,因为贝尔兰戈太太的小店就在他们家旁边,那是个好地方,里面有好多糖果、玻璃球、巧克力棒,如果碰上赶集,还有金箔纸包的大姜饼娃娃。贝尔兰戈太太的鼻子就跟仙女的一样难看,她年纪也大了,而且和仙女一样,也是弯着腰行走。不过,她非常

▶ 青鸟

和气,也有一个心爱的小女儿。樵夫的两个孩子经常和小女孩一起玩。<u>可是,这个长着一头美丽金发的小女孩被一种怪病折磨着,经常需要卧床。不能出门的时候,她就会请求狄狄把他的斑鸠给她玩,不过狄狄太喜欢那只鸟了,老是舍不得。</u>【写作借鉴:这里补充对小女孩的叙述,为后文埋下伏笔。】小男孩感到所有这些和仙女所说的都相仿,所以称她"贝尔兰戈太太"。

可是他一点儿也没想到,仙女竟会气得涨红了脸。她从来不希望她和其他人长得一样,因为她是仙女,可以随心所欲改变自己的长相,所以今天晚上,她把自己变成又丑又老又驼背的模样,而且还瞎了一只眼,几绺稀疏的灰发披在肩头。

"我长得怎么样?"她问狄狄,"是美还是丑?是年少还是年老?"

她问这些,是想考察小男孩是否真诚。狄狄转过头去,不敢说实话。仙女于是大声叫道:"我是仙女贝里吕娜!"

"对,一点不假!"狄狄连连点头,他浑身上下抖动得厉害。

仙女对狄狄的回答很满意,她的怒火消散了。她看见孩子们还身着睡衣,就让他们换上外出穿的衣服。她一边帮美狄穿衣,一边问他们:

"你们的父母呢?"

"在那儿,"狄狄指着右边的门说,"睡着了。"

"你们的祖父祖母呢?"

"去世了……"

"你们有兄弟姐妹吗?一共几个?……"

"有,有三个弟弟!"狄狄说。

"还有四个妹妹。"美狄说。

"那他们哪里去了?"仙女问。

"都不在人世了。"狄狄答道。

"你们想再看到他们吗?"

"啊,那还用说!……马上!……让他们站在我们面前吧!……"

【名师点睛:"马上"一词体现出狄狄对去世的亲人们的强烈思念之情。】

"我没把他们放在衣兜里,"仙女说,"但是,你们很幸运,可以在路过思念之乡时见到他们。思念之乡在找青鸟的途中,过了第三个十字路口,左手边就是!我刚才敲门的时候,你们在干吗?"

"我们在吃蛋糕。"狄狄说。

"你们有蛋糕?……在哪里?……"

"在富家孩子的别墅里……瞧,那蛋糕真好看!"

狄狄拉着仙女走到窗前。

"是别人家在吃蛋糕啊!"仙女说。

"是的,不过我们可以望着他们吃。"狄狄说。

"你不嫉妒他们吗?"

"为什么呀?"

"因为他们把全部的蛋糕都吃完了。他们不和我们分享,太不公平了。"

"没什么,他们富有嘛……他们家多美啊!"

"你家也一样,只是你看不见……"【名师点睛:狄狄和仙女的谈话,分别表达了两种不同的富有:一种是指物质上的,另一种是指精神上的。】

"不,我看得很清楚,"狄狄说,"我的视力非常好。我能望见教堂的钟是几点,爸爸都瞧不清楚!"

仙女忽然生气了。

"我说了,你看不见!"她说。

她越说越气,似乎能看见教堂时钟的指针是个很严重的问题。

狄狄的眼睛当然能看见东西,不过仙女认为他很善良,应该拥有幸福,所以想让他认识所有事物最好的一面。因为她知道,许多人一生都感受不到就在他们身旁的幸福。可是,既然她是仙女,当然是有魔法的。她决心送给他一顶帽子,上面镶着一颗魔钻。这颗魔钻有着非同寻常的魔力,就是让他永远能看到事物内在的真相,这样他就会懂得,所有的东西都有自己独立的生命,它们被造出来,是为了与我们的生命相配,给我

青鸟

们欢乐。

　　仙女从腰间的一个大包裹里取出一顶绿色的帽子。它镶着白色的帽徽,帽徽正中有一颗光芒四射的钻石。狄狄高兴得不知怎么才好。【名师点睛:小孩子对新鲜事物大多充满了好奇,能拥有这个神奇的帽子,狄狄当然高兴万分。】仙女把钻石的用法告诉了狄狄:按一下钻石,就能看见事物的灵魂;略微向右转一下,就会见到事物的过去;稍微向左转一下,就能目睹事物的未来。

　　狄狄激动得两眼放光,他快乐地跳起舞来,不过没一会儿,他就开始担心自己会失去这顶小帽子。"爸爸会把它拿走的!"他喊道。

　　"哪能呢,"仙女说,"你把它戴在头上,肯定就没人能发现……你不想试试看?"

　　"想!"孩子们拍手欢呼。小男孩刚戴上帽子,周围的一切就发生了不可思议的变化。老态龙钟的仙女变成了一位年轻美貌的公主,穿着珠光宝气的丝绸长裙;小屋的墙变得很明亮,像宝石一样熠熠发光;粗陋的松木家具变得如同大理石一般闪着光泽。【写作借鉴:一系列生动逼真的细节描写,突出了魔法的神奇,也表现了作者奇特的想象力。】两个孩子跑来跑去,拍着手,高兴地叫喊。

　　"啊,太好看了,太好看了!"狄狄感叹道。

　　一向看重打扮的美狄,这时完全被仙女那条漂亮的长裙吸引了。

　　然而后面还有更令人不可思议的情景呢。仙女不是说过,物品和动物都有生命,会像我们一样说话做事吗?你们瞧,老挂钟的门忽然开了,宁静的空气中到处飘荡着甜蜜无比的乐曲声,十二位衣着高雅的小孩欢笑着从大钟里走出来,在狄狄和美狄周围跳起舞来。

　　"她们都是你一生中的时辰。"仙女说。

　　"我可以和她们一起跳舞吗?"狄狄问。他忘情地瞧着这些美丽的小精灵,她们像小鸟一样在地板上飞来飞去。

　　可是正在这时,狄狄忽然纵声大笑起来!那个可笑的胖家伙是谁啊?只见一个胖墩墩的家伙气喘吁吁,满身都是面粉,从面包箱里跑出来,还向孩子们行礼呢。是面包!面包趁着这段无拘无束的时光,到地上溜达来了!他看上去像个敦实、滑稽的老绅士。他的脸是用面团做的,胀鼓鼓的,胳膊非常粗大,肚子更是圆溜溜的,两只手放在上面几乎都碰不到一起。他身着面包皮颜色的紧身西服,胸前还有一道道条纹,好似早餐的面包卷上那一道道黄油。他头上——想想吧——还有一个巨大的面包圈,犹如缠着一条古怪的头巾。【名师点睛:拥有了生命的面包虽然模样非常滑稽可笑,但仍然具有面包的特征。】

他一出面包箱,别的面包(长得和他相似,只不过个头小些)也都纷纷跑出来,与那些小精灵跳起舞来,完全不顾自己身上的面粉,结果那些漂亮的女士身上沾满了面粉,像一个个蚕茧。

这个舞会令人感到新奇而又非常吸引人,孩子们都很快活。时辰精灵们和面包们跳着华尔兹;盘碟们也被迷住了,在橱柜里上下蹦跳,随时都有掉下来、摔得粉碎的危险;茶几里的杯子也碰撞出清脆的声音,祝愿彼此健康。而那些叉子,他们和刀子们聊得很热闹,房间里的氛围快乐而热烈……

没人知道,如果这样的吵闹声继续下去,会发生什么样的后果。狄狄的父母一定会被吵醒的。不好,正当大家玩得开心的时候,从壁炉里跳出了一个巨大的火球,它的红光映红了整个房间,仿佛屋子着火了似的。【名师点睛:通过描写屋子像着火似的,说明火球之大,火光之亮。】大家都惊恐地四散奔逃,狄狄和美狄也惊恐得哭了起来,把头钻进仙女的斗篷里。

"不用害怕,"仙女说,"是火,他出来和你们玩呢。他挺善良的,只是你们最好别碰他,他的脾气不太好。"

孩子们还是心有余悸,他们通过仙女斗篷那美丽的金花边往外窥探。一个红色的大个子正望着他们,笑他们胆怯呢。他穿着猩红色的紧身衣,上面装饰着金属片,当他舞动长长的手臂时,肩上的丝巾看上去就

▶ 青 鸟

像火焰一般。他的头发也像耸立的火苗。他在房间里手舞足蹈,疯狂地跳来跳去。

狄狄虽然心情平静了许多,可依然不敢走出他的藏身地。仙女贝里吕娜突然灵机一动:她把魔杖朝水龙头指了一下,那儿马上出现了一位年轻女子。她的眼泪不停地往外涌,就像喷泉。原来是水。她长得楚楚动人,但是神情却非常悲伤。她的歌声非常甜美,就像潺潺的水声。她的长发一直垂到脚跟,犹如无数条水草。她只穿着睡衣,但是她身上流淌的水就像一件晶莹剔透的衣裳。一开始她犹豫不决,东张西望,可是当她发现火像着了魔似的不断地转圈,便怒不可遏地扑上去,朝他脸上喷水。她用尽了全力,弄得他满身湿淋淋的。火怒气冲冲,开始冒起烟来。不过,当他发现是他的老对头时,便灰溜溜地退到一个角落里。水也马上撤退了,房间里又恢复了和平。【名师点睛:万物相生相克,水的出现给房间里带来了和平。】

两个孩子的情绪终于平静了下来,问仙女还会发生什么。此时,猛然传来一阵陶器的破碎声,吓了他们一跳。他们转头一看,真奇怪!桌上的牛奶罐竟掉到了地上,摔得粉碎,从碎片中站起一位可爱的少女,她害怕地叫了几声,双手十指相扣,抬眼望着他们,目光中充满恳求。

狄狄连忙过去安慰她,他一眼就认出她是牛奶,他对牛奶一向情有独钟。

于是狄狄亲切地吻了她一下。她就像挤牛奶的小姑娘一样可爱,布满奶油的白色连衣裙上有一种好闻的干草气味。

这时,美狄看到糖块似乎也有了生命。糖块就放在房门旁边的架子上,外面裹着蓝色的糖纸。只见他来回扭动着身子,可半天也没挣出来。过了一会儿,一只长胳膊伸了出来,然后,一个尖尖的脑袋顶破了糖纸,接着另一只胳膊和两条犹如无穷无尽的长腿也缓慢地伸出来了……你要那时在那儿,就明白糖块的样子有多好笑了。孩子们不禁哈哈大笑起来!他们原本是想恭敬些的,因为仙女是这么介绍糖块的:

"狄狄,他是糖的灵魂。他的衣兜里全是糖,每根手指都是一根棒棒糖。"

能有一位糖做的朋友该多好啊!想吃糖的时候,咬他一口就可以了!

"汪,汪,汪!……【写作借鉴:未见其"人",先闻其声,小狗狄洛出场。】早安!早安,我的小主人!……我们终于能够交谈了!……过去不管我怎么叫,怎么摇尾巴,你们都不理解!……我喜欢你们!我喜欢你们!"

这个吸引所有人的注意力、闹嚷声充满整个房间的特殊人物是谁?我们瞅一眼就明白了,是狄洛,一条善良的狗。他挖空心思想弄懂人类的语言,他随着孩子们去森林,忠实地看守门户,他绝对是个可以信赖的朋友!他踩着后爪走了进来,就像踩着一双非常短小的腿,另外两只爪子在空中挥动,那姿势就像一个笨拙的小人儿。他的模样没有变,穿着光滑的芥子色外套,长着牛头犬的欢快脑袋,嘴和鼻子仍是黑色,但是他的个头大了不少,而且还能讲话了!他的语速非常快,好像要在一刻钟里说尽所有的话,当作是长期忍受沉默的补偿。既然如今他能把心里话讲出来,他自然希望无话不谈。

看,他一边亲吻他的两位小主人,一边叫嚷"我的小主人",真让人耳目一新!他忽而坐着,忽而在房间里窜来窜去,用它又大又软的爪子扑倒美狄,伸着舌头,摇着尾巴,喘着粗气,好像他正在外面打猎呢。我们一眼就能看出他直率、大方的本性。他确信自己的价值,认为这个新世界要是没有他,便会黯然失色。

跟孩子们玩够了,他又去折腾别的同伴,他认为自己要是不去看望他们,他们就会很不舒服。现在他的欢乐已经没了羁绊,当然要把心情释放出来。因为他是全部动物中最善良的一个,假如不是由于他变成人时原来那些"狗毛病"也留了下来,他本该成为这世上最幸福的动物。【名师点睛:"狗毛病"是什么毛病呢?这些毛病将会带来什么影响呢?此处设下悬念,吸引读者。】

▶ 青鸟

他特别爱嫉妒,几乎让人害怕。当他看见狄莱特——那只猫——也和他一样化成了人形,并且也被孩子们抚摸亲吻时,不禁心如刀割!他对猫恨之入骨!要忍受她整日在自己眼前晃来晃去,看着她与自己共同享受主人一家的爱,这是命运要求他做出的最大牺牲。【名师点睛:交代狗与猫的矛盾由来已久,对下文将会发生的种种事件进行暗示。】不过,他毫无怨言地同意了,因为他的小主人喜欢。他甚至忍住了自己的冲动,没有去打扰她。不过,一想到他对猫族犯下的一桩桩罪过,他还是良心难安!难道他没有在一天夜里,溜进邻居贝尔兰戈的厨房,想掐死那只从没得罪过自己的老公猫?难道他没有咬折对面别墅里那只波斯猫的脊椎骨?然而如今狄莱特就像自己一样,也能讲话了!在这个逐渐形成的新世界里,狄莱特会和他的地位不相上下!

"啊,地球上绝无正义可言!"他愤愤地想,"绝无正义!"

就在这时,猫梳了梳头发,舔了舔爪子,平静地把手递给小女孩。

她确实是一只漂亮的猫。假如不是狄洛对她的嫉恨如此强烈,我们也许都不会发现这一点!她的眼睛好像镶嵌在翡翠里的黄宝石,魅力无穷,她的脊背犹如美妙的黑色天鹅绒,会让你忍不住想伸手去摸一把,她的优雅,她的温柔,她的举止是那样尊贵,你怎能不爱她。【写作借鉴:外貌描写,运用比喻的修辞手法,极力渲染狄莱特的高贵与美丽。】

她亲切地微笑着,好似淑女一样对美狄说:

"早上好,小姐!您今天早上真美!"

孩子们亲切地抚摸着她。

狄洛从房间的另一角注视着她。

"如今她像人一样用后腿站立着,"狄洛嘟哝着,"尖尖的耳朵,长长的尾巴,黑黑的衣服,和魔鬼没什么两样!"他不禁低声咆哮起来。"她好似村子里扫烟囱的家伙。他们太令人厌恶了!无论小主人怎么说,我都认为他们不是人。还好,"他叹了一口气说,"我懂的事情比他们要多!"

他忽然无法自持,朝猫扑过去,大叫一声,好像在怒吼:

"我要让狄莱特吓一跳！汪,汪,汪！"【名师点睛:尽管狄洛在努力克制自己,但对猫天生的敌意,让他失去了理智,可见他们的宿怨颇深。】

但是狄莱特在变成人形之前就非常孤傲,如今更觉得自己尊贵无比,她觉得狗只不过是一个缺乏教养的东西,暂时还没必要越过自己和狗之间那道难以逾越的壁垒,屈尊去理会他,便不屑地退了一步,淡淡地说:

"先生,我们应该从未见过面。"

狄洛感到受了羞辱,他猛地一跃,狄莱特也毫不示弱,立刻毛发竖立,翘起小粉红鼻子下面的胡须(因为这两绺白色的胡须让她的黑色毛皮更显动人,一向是她引以为荣的),弓起背,竖起尾巴,发出"呜呜"的声音。她静静地站在橱柜上,有如中国花瓶上绘着的龙。

狄狄和美狄高声笑了起来,然而假如不是此时发生了一件不可思议的事,这场争斗也许以流血告终。隆冬季节的晚上十一时,竟然有一道和正午太阳一般耀眼的光照进了小屋,灿烂夺目。【名师点睛:通过描写美丽的亮光,暗示即将有奇妙的事情出现。】

"瞧,天亮了！"狄狄不知道是怎么回事,"爸爸会说什么？"

可是,仙女还来不及更正他的说法,狄狄就已经清楚了。他一脸惊奇地跪在新出现的、令人惊心动魄的幻景面前。

窗户附近,在明亮的光圈之中,一位亭亭玉立的、非常迷人的少女出现在他们面前。她身上披着闪闪发光的薄纱,更衬托出她的美丽动人;她赤裸的手臂几乎是透明的,伸展在空中,好像在赐予什么;她明澈的大眼睛把所有人都罩在其中。

"是王后！"狄狄说。

"是圣母！"美狄说着,在哥哥身边跪下来。

"你们说错了,孩子们,"仙女说,"是光明！"

光明微笑着向两个小朋友走来。【名师点睛:对人微笑是一种礼节,它能够拉近彼此的距离,也说明了光明的温柔可亲。】她——天堂之光,大

青鸟

地力量与美的源泉,以自己所担当的谦卑使命为荣。她一直生活在浩瀚的宇宙中,大方地把恩泽给予芸芸众生,向来都是自由自在,无拘无束的,这次她却同意短暂地化成人形,好引导孩子们进入广大的世界,教他们了解另外一种光——心灵之光,这种光我们永远不可见,却能帮助我们了解一切事物的本来面目。

"是光明!"每一个物品和动物[物品指牛奶、糖、面包,动物指猫和狗]都高兴地叫起来。他们爱光明,因此都兴奋地叫喊着,围着她跳舞。

狄狄和美狄也不由自主地扭动起来。这么妙趣横生、多姿多彩的聚会,他们做梦都没想过,他们的呼喊声比谁都大。

难以避免的事情发生了。有人重重地敲了三下墙,那声音大得仿佛要把小屋震塌!是狄狄的爸爸,他被喧闹声吵醒了,所以敲墙警告孩子们安静一点。

"旋转钻石!"仙女对狄狄说。【写作借鉴:仙女让狄狄旋转钻石解除危难,与上文仙女教他们使用法宝的语句相照应。】

狄狄赶紧照办,可是他还没掌握技巧,并且一想到爸爸就要过来了,他就吓得手直哆嗦。他笨手笨脚,几乎把帽徽拽掉了。

"慢一点!慢一点!"仙女说,"我的上帝!你转得太快,他们没时间复位,会给咱们招来许多麻烦的。"

屋子里乱七八糟,墙壁的光亮不见了。大家四处逃窜,都想回到原来的位置。火找不见壁炉了,水找不见龙头了,糖对着撕破的包装纸哀叹,面包们乱七八糟地挤进了面包箱里,然而最大的一块无论如何也进不去。至于狗,他的身体变大了,回不了窝,猫也爬不进她的篮子里了。唯独那些向来比人跑得快的时辰,很快地溜回了挂钟里面。【名师点睛:因为狄狄的失误,大家不能及时复位,模样非常狼狈可笑,读来让人忍俊不禁。】

光明纹丝不动,泰然自若,想给大家做个表率,可是没有用。他们都围在仙女身旁哀哭。

"以后会怎么样呢？"他们问，"会很危险吗？"

"行啦，"仙女说，"我得把实话交代给你们：凡是跟随这两个孩子去的，旅程结束之后就是你们生命结束之时。"

他们都哭得很伤心，只有狗没哭。他认为只要还保持人形，就很幸福了。他占据了光明旁边的空间，这样他就可以走在两位小主人的前面了。

此时又传来了敲墙的声音，比刚才更让人心惊肉跳。

"爸爸又发出警告了！"狄狄说，"这次他起床了，我听见他的脚步声离咱们越来越近了……"

"行啦，"仙女说，"你们已没有选择了，不得不和我们一起出发……但是，火，最好离别人远点；狗，你不准欺负猫；还有水，你尽可能直着往前，别到处乱窜；还有你，糖，别哭，除非你想融化掉；面包负责提装青鸟的笼子。你们都到我家集合，我会让你们穿上合适的衣服……咱们从这边走！"

她说着，用魔杖对着窗户一指，窗户立即伸长，变成了一扇门。等他们轻手轻脚出去之后，窗户便恢复了原来的样子。皎洁的月光洒在路上，洪亮的钟声宣告着圣诞节的来临。在这个平安夜，狄狄和美狄在一帮伙伴的陪同下踏上了寻找青鸟的征途。【写作借鉴：这句话既是本章的总结，又是后文的总起句。】

Z 知识考点

1.填空题。

狄狄是一个____岁的小男孩，长着_____的头发，脸上带着_____的笑容，是个非常勇敢的小男子汉；美狄是一个____岁的小姑娘，长着_____的头发，她是狄狄的妹妹，是个拥有爱心并十分温柔的女孩。

▶ 青鸟

2.选择题。

(1)狄狄的爸爸是( )。

A.矿工　　　　B.建筑工　　　　C.樵夫

(2)仙女的名字是( )。

A.狄洛　　　　B.狄狄　　　　C.贝里吕娜

(3)樵夫一家的邻居是( )。

A.贝里吕娜　　　B.贝尔兰戈　　　C.花奇

3.问答题。

魔法棒招来了哪些物品？

_____

_____

阅读与思考

1.爸爸妈妈为什么没有给狄狄和美狄买圣诞礼物？

2.平安夜的晚上，仙女为什么会出现在狄狄家中？

第二章　仙女宫殿

M 名师导读

　　大家跟随仙女来到宫殿，都被宫殿的美妙吸引了。在仙女的指导下，大家换上了美丽的衣服。狄莱特却趁主人不在的时候，试图拉拢大家共同阻碍兄妹俩寻找青鸟。她为什么这样做？大家对她的计划持怎样的态度？

　　在一座高山之上，离月亮很近的地方有一座漂亮的宫殿，那就是仙女贝里吕娜的宫殿。在万里无云的夏夜，从宫殿的露台就能直接看见月亮上的山峰、河谷、湖泊和海洋。【写作借鉴：环境描写，描写了仙女优美清静的生活环境。】仙女就在这里钻研星星，破解它们的秘密，因为很久以前，她就对地球的奥秘了如指掌了。

　　"我早已对这个古老的星球失去兴趣了！"她时常对自己的朋友——山上的巨人们说，"地球上的人都是闭着眼睛生活，我怜悯他们！我有时也会到他们当中去，不过那只是因为我心地善良，想把那些黑暗中的儿童从不幸中拯救出来。"【名师点睛：作者借仙女的一番话语，表露出自己想要启迪儿童、探索生命真谛的美好愿望。】

　　她在圣诞前夕造访狄狄家便是出于这种目的。

　　言归正传。我们的旅行者刚上大路，仙女就意识到，这样大摇大摆是无法穿过节日里灯火通明的村子的。但是她的法力很强大，因此立刻就想到了实现愿望的办法。她轻轻摸着狄狄的头，心里祈祷他们能借助她的法力到达她的宫殿。转瞬之间，一群萤火虫组成的云就笼罩了咱们

青鸟

的小朋友,轻轻托举着他们飞向天空。他们还未从惊讶中回过神来,就已经站在了仙女的宫殿前。

"随我来。"说完,仙女便带着他们穿过许多金银砌成的房间和走廊。

他们在一个大屋子里停下了,这里周围都是镜子,还有一个硕大的衣柜,光从缝隙里射出来。仙女贝里吕娜从口袋里取出一把钻石钥匙,打开了衣柜。大家都惊叫起来,里面整齐地摆放着数不清的华贵的衣物和首饰:缀满宝石的斗篷、镶着珍珠的王冠、翡翠项链、红宝石手镯,各个时代、各个民族的服饰,应有尽有。【名师点睛:是什么让"大家都惊叫起来"?原来是"数不清的华贵的衣物和首饰";"应有尽有"说明仙女衣柜里的首饰和衣物品种全,数量多,令人震惊。】

孩子们从未见过这样多的奇珍异宝!至于那些物品,就更让他们目瞪口呆了。这很自然,因为他们第一次出来认识世界,就看到了这样奇妙的景象!

仙女帮他们选择衣服。火、糖和猫都有自己特有的喜好,火只喜欢红色,立即看中了一件美丽的镶着金片的摩菲斯特[歌德诗剧《浮士德》中魔鬼的名字]长袍,他没有挑选头饰,因为他的胡子老是炽热无比。糖只喜欢白色和浅蓝色,其他的颜色都不合他的心意,因此他选了一件蓝白两色的长袍,还戴了一顶蜡烛罩似的尖帽,戴在头上实在很可笑,可是他不仅不觉得,还像陀螺一样不停地在镜子前转来转去,傻乎乎地照个没完。

一贯以淑女自居的猫习惯了深色的衣服,认为黑色永远是最高贵最美丽的,如今空手出门旅行,穿黑色衣服更是理想的选择。所以,她穿了一套丝绣的黑色紧身衣,外面罩了一件天鹅绒的斗篷,还在她小巧玲珑的脑袋上戴了一顶插着长羽的骑士帽。然后她要了一双软羊皮鞋,以缅怀自己的著名先祖——穿靴子的猫,并在前爪戴了一双手套,免得在路上弄脏了。【名师点睛:作者根据"火、糖、猫"的特点,对他们进行了合理而形象的描写,使文章变得生动有趣。】

穿好之后,她满意地照了一下镜子。然后,她神色有些慌张,粉红鼻子轻轻颤动。她慌忙请糖和火随自己一起去呼吸一下新鲜空气。于是,他们三个走了出去,其余的人继续挑衣服。让我们暂时跟踪他们一会儿,因为我们已经喜欢上了勇敢的狄狄,只要与他有关的事,不论好坏,我们都想知道。

走过几条像阳台一样挂在空中的美丽回廊,三个朋友在一个大厅里停了下来,猫立即压低嗓子说:

"我让你们到这儿,是想和你们商量一下我们的处境。我们好好利用这最后的自由……"【名师点睛:猫准备拉拢并蛊惑大家阻止狄狄和美狄的行动,说明了猫狡诈的性格。】

但是,一阵狂乱的狗叫声中断了她的话:"汪,汪,汪!"

"又是他,"猫吼道,"又是那条白痴狗!他跟着过来了!他一刻都不让咱们清静,我们快躲到栏杆后面去。最好不要让他听到我跟你们说的话。"

"已经晚了。"站在门边的糖说。

他说得很对,狄洛已经蹿了过来,喘着气,样子很兴奋。

猫一瞧见他,就厌恶地转过头去,嘟哝着:

"这身衣服活像是灰姑娘马车跟班穿的制服。给他穿正相配,他骨子里就透着奴才气!"【名师点睛:猫一见到狗便对他嗤之以鼻、冷嘲热讽,又在背后诋毁狗的品行,真是一个既狂傲又奸诈的家伙。】

说完这话,她生气地捋着胡须,站在糖和火中间,做出随时准备战斗的样子。狗没有留意她的小把戏,他完全沉醉在穿上漂亮衣服的愉悦中,不停地转着圈儿。他的天鹅绒外套像风车般旋转着,衣服下摆不时地撩起来,露出他那条粗短的尾巴,真是可笑!正由于他的尾巴很短,因此才更有表现力。和别的宠物牛头犬一样,狄洛的尾巴和耳朵在他童年时就被剪短了。

可怜的狗,他一直很妒忌那些有长尾巴的兄弟,他们能用尾巴表达

青鸟

出更丰富的思想和情感。然而身体的缺陷和时运的艰难常常会增强我们内在的品质。狄洛的灵魂因为缺乏外在的表达方式，反而在无声中获得了力量，他的表情也因为总是充满爱意，而显得分外动人。

今天，他的黑色大眼睛闪着喜悦的光芒。他忽然变成了一个人！他全身都穿上了华丽的衣服，还可以和他的小主人一起到世界上去做一件非同寻常的事！【名师点睛：这里描写了狗变成人后的喜悦心情，他非常期待能和小主人一起完成寻找青鸟的使命，与猫的所作所为形成鲜明对比。】

"看看！"他说，"看看！咱们多风光！……瞧这些花边，还有这些刺绣！……全是金的，真金的！"

他没留意别人都在嘲弄自己，他的样子确实很滑稽。可是和所有头脑简单的动物一样，他没有幽默感。他太注重自己那身天生的黄毛了，因此没有穿马甲，好让大家一望便能知晓自己的身世。出于相同的原因，他也没摘下项圈，连地址条都留着。一件镶着金边的红色天鹅绒外套一直垂到他的膝盖，他认为两边的大衣兜能够用来装吃的，因为他的食量非常大。他的左耳上戴着一顶插着鱼鹰羽毛的小圆帽，为了让帽子固定住，他还在自己的头上系了一条松紧带，恰巧把他松垮的胖脸一分为二。他的另外一只耳朵则暴露在外面，像纸做的小螺丝包。这只耳朵是他敏感的接收器，所有恼人的声音都会像掉进水中的小石子似的首先落到这里。

他的两条后腿上穿着一双白色顶边的漆皮马靴，可是他认为前爪的用处太大了，无论如何也不肯戴上手套。狄洛天性落拓不羁[形容人性情豪放，行为散漫]，短时间内不能指望他使自己的生活方式有明显改变，尽管现在已经升格为人了，他依旧会做出一些与新身份不相称的事来。这时的他正躺在大厅的台阶上，抓着地面，闻着墙壁。突然间，他抖了一下身子，哀鸣起来！他的下唇紧张地抽动着，好像要哭出来了。

"这个白痴又犯什么病了？"猫心里说。她一直用眼角的余光盯着狗的一举一动。

不过她很快就清楚了。美妙的歌声从远方传来,狄洛最容易被音乐打动了。歌声由远而近,一个女孩清亮的声音在雄伟拱门的暗影间回荡。水来了。她苗条纤长,白净如珍珠,好像是在飞,而不是走。她的动作是那样轻柔优雅,使人觉得如同梦中幻影。一条美丽的银色长裙在她身旁四处飘荡,装饰着珊瑚的头发一直垂到膝盖下方。

一贯缺乏修养的火一看到她,便阴阳怪气地说:

"你看她那身打扮,就差再拿一把伞了!"

但是水也毫不示弱,她明白火不是自己的对手,于是瞥了一眼他的红鼻子,便不慌不忙地讥讽说:"您说什么?……您是在说我前几天看见的一个大红鼻子吧!……"

别的伙伴们看了看火的鼻子,哄堂大笑起来,火气急了,他的脸红得像燃烧的炭。【写作借鉴:用比喻的修辞手法描绘出了火恼羞成怒的样子,语句生动、活泼。】火非常生气,可是他还是信奉那句话:君子报仇,十年不晚。这时,猫小心地走到水身边,不停地称赞水的裙子。不用说也明白,她的话都不是真心的,她不过是想和每个人都搞好关系,这样一来大家才能站在她这一边。没看见面包,她有些着急,因为她希望等大家都到了再发表讲话。

"面包究竟在磨蹭什么呀?"她不断地喵喵叫。

"他太挑剔了,因此老也找不着相配的。"狗说,"最后他才选中一件缀着宝石的土耳其式长袍,还有一把弯刀、一条头巾。"

话音未落,一个怪模怪样的大石头便挪了过来,把大厅的窄门完全堵住了。它裹着彩虹色的衣服,样子甚是滑稽。原来是面包特大号的肚子占据了通道。他不明白自己为什么总是碰到什么东西,可能是因为他有些笨拙,也还不习惯在人类的房子里走动。后来,他总算找到了弯腰的办法,侧着身子将就着挤进了大厅。

这样进来虽然有些不顺,可是面包已经很满足了。

"我来了!"他说,"我来了!我穿上了蓝胡子[法国民间故事中的人

青鸟

物]最喜欢的一件长袍……你们看我这身如何？"

狗在他身边不停地跳跃：他觉得面包很神气！那身布满银色新月图案的黄色天鹅绒长袍让狄洛想到了自己爱吃的马蹄形面包圈，而他头上那鲜艳的头巾则好似一个小圆面包！

"你看上去真美！"他嚷道，"你看上去真漂亮！"

面包后面是羞涩的牛奶。牛奶一向很朴素，因此没有穿仙女介绍的那些漂亮衣服，还是穿着自己以前的奶油色长裙。她真是一位单纯质朴的女孩。

面包正准备对狄狄、光明和美狄的衣服发表言论，猫却打断了他，以不容置疑的口气说：

"马上咱们就能看到他们的。别啰唆了，听我说，时间紧迫，我们的前途在此一举。"

大家都不解地看着她。他们都清楚这是一个严峻的时刻，然而人类的语言对他们来说还是过于神秘。<u>糖心神不宁地掰着他的长手指，面包拍打着他的大肚皮，水躺在地上，犹如被最深沉的绝望折磨着，牛奶只注视着面包，因为面包是她多年的好伙伴。</u>【名师点睛：作者抓住糖、面包、水、牛奶的动作和神态，写出了他们思考、忧虑的样子。】

猫有点失去耐心了，她接着说："仙女刚刚说了，旅途结束之日就是咱们生命结束之时。所以，我们能做的就是尽量地拖延，想尽一切办法往后拖……"

面包担心自己一旦失去了人形就会被吃掉，立刻随声附和。站在不远处的狗装作没听见，心中的怒火却油然而生，他明白猫的用意。当狄莱特说"咱们一定要不惜一切代价阻止他们找到那只青鸟，即使危及那两个孩子的生命也无所谓"时，狄洛忍无可忍，他做事一向要求自己问心无愧，于是马上扑过去咬猫。糖、面包和火急忙挡在他们中间。

"请息怒，请息怒！"面包煞有介事地喊道，"我是大会主席。"

"谁选定你当主席的？"火吼道。

"你管得着吗？"水反问道，并把湿淋淋的头发往火身上一甩。

"不好意思，"糖浑身哆嗦，用劝解的口吻说，"对不起……这是关键时刻……大家说话礼貌一点儿不行吗？"

"我完全赞成糖和猫的观点。"面包说，似乎他一言九鼎。

"<u>真无知！</u>"狗龇着牙嗥叫，"<u>人类就是一切！我们一定要服从，听他们的吩咐！这是绝对的真理，我只听他们的！人类万岁！我只为人类而活，为人类而死！</u>"【写作借鉴：语言描写，狄洛斩钉截铁、慷慨激昂的话语，表现了狗的忠诚可靠和无私的道德品质。】

可是猫刺耳的声音湮没了所有人的说话声。她跟人类有许多矛盾，于是想趁变成人样的这段短暂时光替自己的整个族类雪耻。

"各位，"她高声说，"动物也好，物品也好，都有一颗人类还不知晓的灵魂。正是由于这个原因，我们才拥有独立的自我。但是，假如人类找到了青鸟，他们就会知道一切，看见一切，我们就会彻底受他们的摆布。你们千万记住，我们曾经是多么自由地在地球上生活！……"她的脸色忽然变了，话音也骤然压低了，她用低低的声音说："小心！我听见仙女和光明过来了。这是明摆着的，光明投靠了人类，会和人类站在一条船上，她是我们最危险的敌人……小心！"然而我们的这些朋友还不习惯耍阴谋，他们认为自己做错了事，一个个显得十分尴尬，<u>仙女刚走到门槛处就发现了，嚷道："你们在这儿干什么？……像一群阴谋家！"</u>【名师点睛：此处体现仙女一眼就看穿了这一帮心存私心的家伙。】

他们非常害怕，以为仙女已经猜出他们的险恶用心，马上跪在她面前。幸好，仙女根本不关心他们在想什么。她来的目的是向大家说明旅途第一部分的安排。狄狄和美狄手拉手站在她跟前，似乎有些紧张。他们穿着华丽的衣服，互相瞅着对方，露出只有孩子才会有的羡慕神情。

美狄穿着一件黄色的丝绸连衣裙，上面绣着粉红的花儿，缀着金箔。她头上戴着一顶可爱的橘黄色天鹅绒帽子，肩上还套着笔挺的平纹棉布坎肩。狄狄身着红色上衣、蓝色马裤，也是天鹅绒的。当然，那顶有魔力

青鸟

的小帽子依然戴在他的头上。

仙女对他们说:"青鸟说不定藏在你们爷爷奶奶的家里,因此你们有必要先去思念之乡一趟。"

"但是他们都去世了,我们怎么能见到他们呢?"狄狄问。

善良的仙女解释说,只有当孙儿们不再怀念他们了,他们才真正去世了。【名师点睛:仙女对"去世"的解释超出了常人对死亡的理解。字里行间无不流露出作者对生与死的独到见解。】

"人类不明白这个秘密,"她又说,"但是狄狄,有了这颗钻石,你就会发现,那些有人怀念的死者,他们同在世时活得一样快乐。"

"你和我们一同去吗?"男孩问光明。光明立在门口,照亮了整个大厅。

"不,"仙女说,"光明不能回到过去,她的力量必须留给将来。"

两个孩子正要出发,突然觉得饿了。仙女马上吩咐面包给他们一点儿吃的。那个胖乎乎的家伙欣然地接受了这个光荣的任务,他解开长袍,拔出弯刀,从肚子上切下两片。孩子们禁不住大笑起来。狄洛也暂时放下了心事,去要了一点面包吃。接着,大家都过来向他们告别。糖向来小气,但为了吸引所有人的关注,他忍痛掰断了自己的两根手指,递给惊讶万分的孩子们。

当大家都向门的方向走时,仙女贝里吕娜忽然叫住他们:

"今天你们不能去,"她说,"孩子们必须单独去,你们去不合适。他们要和死去的家人一起度过晚上的时光。上路吧!再见,亲爱的孩子们,记得按时回来,这非常重要!"

两个孩子手牵着手,提起鸟笼,走出了大厅。仙女做了一个手势,别的伙伴就在她面前排好了队,打算回宫殿,唯独狄洛没有听从命令。他一听到仙女说孩子们只能单独去,就打定主意要不顾一切地跟着他们。在其他的伙伴忙着跟两个孩子说再见的时候,他闪到了门背后,但是可怜的家伙没料到,洞察一切的仙女贝里吕娜早就发现他了。"狄洛!"她喊道,"狄洛!过来!"

狗生来就知道服从,不敢违拗所有命令,只好回到了队伍里。看着两位小主人消失在金光闪闪的楼梯尽头,不禁发出了无奈的哀鸣声。【名师点睛:狄洛不能跟随小主人一起出发,心中充满了难过与失望,体现了他对小主人的关爱与担忧。】就这样,狄狄和美狄踏上了前往思念之乡的路,开始了一场奇妙的旅行。

知识考点

1.选择题。

(1)仙女宫殿里,火看中了一件美丽的镶着金边的(　　)。

A.晚礼服　　　　B.摩菲斯特的长袍　　C.绿色的长袍

(2)面包后面跟着(　　)的牛奶。

A.勇敢　　　　B.羞涩　　　　C.胆小

(3)美狄穿着一件(　　)的丝绸连衣裙。

A.黄色　　　　B.粉色　　　　C.红色

2.判断题。

(1)仙女殿里,猫要了一双软羊皮鞋。　　　　　　　　(　　)

(2)狄莱特很喜欢狄洛,他们是好朋友。　　　　　　　(　　)

3. 问答题。

大家是如何从狄狄家来到仙女宫殿的?

_____

_____

阅读与思考

1.狄莱特为什么要破坏狄狄和美狄寻找青鸟的计划?

2.狗为什么没有跟随两位小主人一起前往思念之乡?

青鸟

第三章　思念之乡

> **M 名师导读**
>
> 　　兄妹俩在仙女贝里吕娜的引导下,去思念之乡看望爷爷奶奶以及七个弟弟妹妹,他们在那里与亲人们度过了愉快的时光。可是他们的任务不仅仅是到思念之乡与大家团圆,更重要的是寻找青鸟。他们在思念之乡将会遇到哪些神奇的事情呢?他们找到了青鸟吗?

　　孩子们在仙女贝里吕娜的指点下,来到了一片古老的林子。<u>这片林子郁郁葱葱,几乎望不到顶,并且总是笼罩在浓雾之中。</u>【写作借鉴:环境描写,渲染了一种神秘的气氛,为下文的奇妙景象做铺垫。】他们继续往前走。

　　林中的地面上长满了盛开的洁白的堇花[法语中"堇花"和"思念"是同一个词],非常好看,然而由于它们晒不到太阳,所以缺少香气。

　　这些小花朵给了孤单的孩子们一些慰藉。一种神秘的寂静笼罩着他们,他们浑身颤抖,心里既高兴又害怕,而这种感觉是他们从未感受过的。

　　"咱俩给奶奶带一束花去吧。"美狄说。"好主意!她会很开心的!"<u>狄狄嚷道。</u>【名师点睛:"给奶奶带一束花"表现了孩子们对奶奶的爱。】他们一边走一边采,不知不觉就攒了一大束。两个小东西并不知道,他们每采一朵堇花,就离爷爷奶奶又近了一步。不久,他们发现前面有一棵大橡树,上面钉着一块木板。

　　"到了!"小男孩高兴地说。他沿着一块大树根爬上去看,念了起来:"思念之乡。"

他们真的到了,可是环顾四周,却什么也没发现。

"我什么都没看见……"美狄带着哭腔说,"我冷!……我累了!我们休息一下吧!"

狄狄一心想要完成任务,听美狄这样说,不禁有些生气。

"得啦,别老哭,跟水似的,哭起来就没完没了!你羞不羞……咦,美狄,快看!雾开始散了!"

没错,他们眼前的雾向两边退去,就像面纱被一只看不见的手悄悄掀开一样。大树逐渐隐没,刚才的一切都不见了,一所美丽别致的农家小屋出现了,上面全是攀缘植物,周围是一个小花园,种着许多花,还有许多结满了果实的树。【名师点睛:神秘的思念之乡缓缓地呈现在孩子们的眼前,场景转换巧妙而自然。】

孩子们马上就认出了果园里的那头奶牛、门口的那条狗和柳条笼子里的那只画眉,一切都笼罩在一片柔和的光里,空气温暖而芳香。

狄狄和美狄惊奇地呆立在那儿。这就是思念之乡?在这儿生活是多么的悠闲自在呀!这儿的天气真好哇!他们心想,既然找到路了,往后一定要时常过来。当最后一层薄雾散去,他们简直快乐到了极点!他们看见几步之外,爷爷和奶奶坐在一张凳子上,正做着美梦呢。他们拍着手,高兴地嚷了起来:【名师点睛:爷爷和奶奶温馨的生活场景令兄妹俩开心不已。】

"是爷爷奶奶!……他们在那儿!他们在那儿!"

但如此美妙的场景也让他们稍感畏惧,不敢从树后面走出去。他们正停下脚步观望的时候,两位老人慢慢醒了。然后,他们听到奶奶说:

"我感觉到咱们的孙儿们今天来看我们了。"

爷爷答道:"没错,他们想念着我们呢。我也感觉到了,现在有些心神不宁。"

"我敢肯定他们就在附近,我已经有些热泪盈眶了,而且……"【写作借鉴:语言描写,突出了奶奶想见孙儿们的激动心情。】

▶ 青鸟

奶奶的话还没说完，孩子们就冲到了她的怀里！……多么欢乐的情景！多么热烈的拥抱亲吻！多么美好的惊喜！这样的幸福难以形容。他们笑容满面，却无言以对，只是欣喜地互相端详着。这样的会面太神奇，太不可思议了。最初的激动平息后，他们立即聊了起来：

"你都这么高、这么壮了，狄狄！"奶奶说。

爷爷感叹道："还有美狄！你看啊！多漂亮的头发，多漂亮的眼睛！"

孩子们手舞足蹈，轮流往两位老人怀里钻。

过了好久，他们的心情才平静了一些。美狄靠在爷爷胸前，狄狄美滋滋地坐在奶奶膝上，聊起了家里的事。【写作借鉴：以静写动，描绘出一幅天伦之乐的美好画面。】

"你们的爸爸、妈妈怎么样了？"奶奶问。

"很好，奶奶，"狄狄说，"我们出门的时候他们正睡得香呢。"

奶奶亲了亲他们，接着说：

"瞧这两个孩子，多可爱、多干净！……你们为什么不常来看我们？你们已经快把我们给忘记了吧，我们一个人也看不见……"

"过去我们没法来，奶奶，"狄狄说，"今天还得感谢那位仙女……"

"我们总在这儿，"奶奶说，"等活着的人来看望我们。你们前一次来是在诸圣瞻礼节[又称万圣节，在每年的十一月一日]……"

"诸圣瞻礼节？那天我们一直在家啊，我们感冒了！"

"但是你们想到我们了！每次你们想到我们，我们就会醒来，再次见到你们。"

狄狄记得仙女对他说的话。他过去认为这不可能，可是现在，他的头就倚在他日夜思念的奶奶身上，他开始懂得其中的道理了，知道爷爷奶奶并未彻底离开他。他问："这么说，你们不是真的死了？"

两位老人哈哈大笑。自从他们离开人世过着这种更好、更美的生活以来，他们早已不记得"死"这个词了。

"'死'意味着什么？"爷爷问。

"'死'的意思就是'不再活着'！"狄狄说。

"活着的人谈到另一个世界时总是那么无知！"爷爷奶奶耸了耸肩说道。

爷爷奶奶又聊了许多往事，能这样和孙子、孙女尽情聊天，他们感到非常愉快。

老人都喜欢谈论过去。对他们来说，未来已经结束了，因此他们只能在谈论现在和过去中得到乐趣。不过我们和狄狄一样，有点儿不耐烦了。我们还是随着小主人公的脚步，不听老人们忆旧了。

狄狄从奶奶膝上跳下来，到处张望。每找到一件他记得的东西，他都高兴得不得了。

"还是那样儿，什么都在原来的地方！"他大声说。因为他很久没来爷爷奶奶家了，因此觉得每样东西都比以前更美了。他以一种小大人的口吻说：<u>"不过都更漂亮了！……瞧，那口钟，大指针尖儿还是我弄断的呢。还有这钟门上的洞，是我用爷爷的手钻凿的……"</u>

"一点也不假，你小时候经常搞破坏！"爷爷说，"<u>你看那棵李子树，我不在的时候你总爱爬上去。</u>"【名师点睛：一系列生活场景的回忆，体现了祖孙俩的亲密感情，表现了亲情的可贵。】

狄狄依旧没忘他此行的目的，问道：

<u>"你这儿不会有青鸟吧？"</u>【名师点睛：尽管见到亲人的时光很美好，然而小主人公还是不忘他此行的目的。】这时，美狄一抬头，发现了一个笼子。

"这只画眉也还在！……它还能唱曲儿吗？"

她正说着，画眉就醒了，接着高声唱了起来。

"看，"奶奶说，"只要有人一想到它，它就会永远活着……"

"它是青色的！"狄狄惊讶地喊了起来，"哎呀，它可不就是青鸟吗？它是青色的，青色的！几乎和青色的玻璃珠子一模一样！你们愿意把它当作礼物送给我吗？"

▶ 青鸟

两位老人很乐意地答应了。狄狄觉得任务已经完成,回到大树后面把自己带来的笼子取出来,他轻轻地把那只鸟儿放进了笼子,鸟儿立刻在它的新家里欢快地飞来飞去。

"仙女会非常高兴的!"小男孩完成了任务,激动不已,"光明也会!"

"孩子们到这儿来,"两位老人招呼他俩道,"咱们一起去看奶牛和蜜蜂。"【名师点睛:从两位老人简朴的话语中,可以看出他们愉快、满足的心情,也体现出爷爷奶奶无限的慈爱之情。】爷爷奶奶步履缓慢地在花园里走着,突然间孩子们问,死去的弟弟妹妹是不是也在这儿。话刚刚说完,七个一直在屋里睡觉的小孩子前呼后拥地冲进了花园,狄狄和美狄急切地迎了上去。他们推搡着,拥抱着,一边跳舞,一边转圈,发出一阵阵快乐的叫喊。

"他们来了,他们来了!"奶奶兴奋地说,"你一提到这些小东西,他们就来了!"

狄狄一把揪住一个小家伙的头发,说:

"喂,皮埃洛!……咱们再打一架吧,就像以前一样……还有你,罗贝尔!……见到你很高兴!……怎么没有看到你的陀螺?……玛德莱娜、皮耶埃特、保琳娜!……还有莉凯特!……"

美狄笑着回答道:"莉凯特现在还只是会爬呢!"

狄狄发现他们身边有一只小狗在冲着他叫:

"这不是奇奇吗?我曾经用保琳娜的剪子把它的尾巴剪掉了……它和以前一模一样……"

"是的,"爷爷语重心长地说,"这儿的一切都一如既往!"

大家正热闹呢,两位老人猛然间像中了什么咒语,惊呆了。他们听见屋里的钟轻轻响了八下!【名师点睛:突然响起的钟声打破了亲人们久别重逢的喜悦气氛,提醒兄妹俩要按时完成自己的任务。】

"这是怎么回事?"爷爷问奶奶,"它已经很久不响了……"

"那是因为我们再也不用考虑时间了,"奶奶说,"是不是有谁想到时间了呢?"

"噢,是我,"狄狄说道,"现在已经八点了吗?那我和美狄得回去了,我们答应光明九点前回去的……"【名师点睛:狄狄一直把答应光明的事放在心上,说明他是个言而有信的人。】

他说完便走过去取鸟笼子,然而大家都正在兴头上,不愿意他们这么快离开:这么急匆匆地就分别,也太不通人情了!奶奶想到了一个两全其美的办法。她知道狄狄是个小馋鬼,就说马上要吃晚饭了,她刚做了味道鲜美的白菜汤和一个好看的李子馅饼。

"那好吧,"狄狄说,"无论如何青鸟已经在我手上!……况且,白菜汤可不是每天想喝就能喝到的!"

孩子们蜂拥在一起跑进跑出,他们把桌子搬到屋子外面,铺上一层洁白的桌布,把每个人的碟子摆好。接着,奶奶端来了冒着热气的汤锅。他们点燃了灯后,就一起坐下用餐,大家推推搡搡,谈笑风生。过了一会儿,大家都沉默下来,除了木勺和汤碟相碰的声音什么也听不到。

"真好喝!真好喝!"狄狄一边如饥似渴地喝着,一边大声叫喊道,"我还要!我还要!我还要!"

"行啦,行啦,别这样闹了,"爷爷说,"你总是这么不懂礼貌。你会把碟子敲碎的……"

狄狄没有在意爷爷的话,他站在凳子上,一把抓住汤锅,使劲往自己这边拉。一下没注意,结果把锅拽翻了,汤洒了出来,从桌上流到了大家的腿上,孩子们烫得龇牙咧嘴。奶奶吓了一跳,不知怎么办,爷爷怒火中烧,并狠狠地给了狄狄一记耳光。【写作借鉴:"站""抓""拉"等一系列动词,表现了狄狄调皮任性的一面;狄狄拽翻的汤烫到了孩子们,爷爷为此十分生气,打了狄狄,从侧面说明这件事的严重性。】

狄狄一时不知所措,然后欣喜地用手捂住脸颊,高声说:

"爷爷,这一耳光打得太好了,真舒服!你活着的时候,就是经常这样打我的!……我一定要亲亲你!"大家狂笑不已。【名师点睛:狄狄挨

青 鸟

打后不仅没有生气,还说出一番令人哭笑不得的话,立刻缓解了当时紧张的气氛。】

"要是你喜欢,后面还有呢。"爷爷气还没消,然而他也被感动了,转过头悄悄擦去了眼角的一滴泪水。【写作借鉴:细节描写,爷爷的这滴泪既是愧疚的泪,也是感动的泪、欣慰的泪。】

"天啊!八点半了!"狄狄突然蹦了起来,"美狄,咱们得赶紧走了,没有时间了!"奶奶恳求他们再多待几分钟,但是没有用。

"不行,奶奶,真的不能待了,我答应光明了!"狄狄坚定地说。

他拼命地冲过去,提起了那个鸟笼子。"再见,爷爷……再见,奶奶……再见,弟弟妹妹们,皮埃洛、罗贝尔、保琳娜、玛德莱娜、莉凯特,还有你,奇奇!……我们不能再浪费时间了……别哭,奶奶,我们会时常回来的……"

可怜的爷爷悲痛不已,不停地抱怨:"活着的人真没意思,有这么多不能自己做主的烦心事儿!"

狄狄竭力安慰他,一再保证他会经常回来探望大家。

"每天都回来,"奶奶伤心地说,"这是我们唯一的快乐,你们思念我们的时候,我们感觉就像过节一样!"

"再见!再见!"弟弟妹妹们不约而同地说,"早点回来!别忘了给我们带麦芽糖!"

大家吻了又吻狄狄和美狄,一起舞动着手帕,高声说着再见。渐渐地,他们的身影渐行渐远,稚嫩的声音消失得无影无踪。两个孩子又被可怕的雾气笼罩了,古老阴沉的森林在他们身后聚集。【写作借鉴:通过对雾气的描写,照应前文思念之乡在雾中出现的情景。】

"我好害怕!"美狄带着哭腔说,"让我拉着你的手,哥哥!我真的好怕!"

狄狄也在颤抖,但竭力安慰妹妹是他的责任。

"别哭,美狄!"他说,"记住,咱们找到了青鸟!"

正说着,一道微弱细小的光线穿透了黑暗。小男孩朝那方向快步走去。他紧紧地抱着鸟笼,借着光线瞧了他的鸟儿一眼……啊,没想到等待他的却是这样痛苦的失望!思念之乡的美丽青鸟竟然变成了黑色!【写作借鉴:为什么青鸟变成了黑色?作者在此设下悬念。】不管狄狄怎样盯着看,它依然是黑色的!他对这只画眉多么熟悉,从前它一天到晚都在爷爷奶奶家门口的柳条笼子里歌唱!到底发生了什么?此时,他觉得现实太残忍了!

狄狄想起他启程的时候,心里洋溢着期望和快乐,一路上从未担心过各种困难与危险。他是抱着信心、勇气和爱心上路的,认为自己一定能找到可爱的青鸟,一定能给仙女的小女儿带去幸福。可是现在,他的所有梦想都破灭了!可怜的狄狄第一次感受到了懊恼、委屈和无助。难道他在做一件没有结果的事?难道仙女在捉弄他?最终他能找到青鸟吗?他似乎突然失去了一切勇气。

更让人沮丧的是,他找不到来时走过的那条路了。地上白色的堇花消失得无影无踪,他忍不住哭起来。

幸运的是,两位小朋友很快就摆脱了困境。【名师点睛:离开了亲人,又迷了路,兄妹俩难免有些伤感,然而他们很快就摆脱了困境,突出了孩子们的坚强。】仙女曾经说过,光明会保护他们。第一次考验结束了,就和在爷爷奶奶的屋子外面一样,雾气又突然消散了。不过这次眼前出现的不是静谧、温馨的田园风光,而是一座灿烂夺目的神奇宫殿。

门槛处站着光明,她穿着钻石色的衣服,美丽异常。她微笑着倾听狄狄诉说自己的第一次失败。她知道两位小朋友在寻找什么,她无所不知,因为光明用她的爱包围着所有凡人。但是,没有一位凡人对她怀着同样诚挚的爱,所以他们都不能彻底地接受她,领悟真理的所有秘密。这一次,她愿意借助仙女赠给狄狄的钻石,尝试开启一个人的灵魂。

"别伤心,"她对孩子们说,"见到了爷爷奶奶,难道你们不开心?这样的幸福难道不够受用一天吗?是你们让画眉重获新生,难道你们不

▶ 青 鸟

高兴吗？你们听,那只画眉在唱歌呢!"【名师点睛:对于一心想寻找象征着幸福的青鸟的兄妹俩来说,现在还不能体会到光明说的种种幸福。】

　　画眉正在引吭高歌,它在笼子里上下扑腾,黄色的小眼睛闪耀着愉悦的光芒。"亲爱的孩子们,在找寻青鸟的过程中,你们也要学会去爱那些灰色的鸟儿。"她语重心长地点了点头,很明显她知道青鸟在哪儿。但是,生命中有许多美丽的谜,我们必须诚恳地守护,否则就会毁灭它们。而且,假如光明把青鸟的藏身地透露给了孩子们,孩子们就永远都找不到它了！至于为什么,在故事结束时你们就知道原因了。

　　现在,大家都不要影响两位小朋友,让他们酣然入睡吧。

Z 知识考点

1.选择题。

（1）仙女说在(　　)可以见到爷爷奶奶。

A.墓地　　　　B.思念之乡　　　　C.仙女宫殿里

（2）狄狄和美狄与光明约定的时间是(　　)。

A.八点　　　　B.八点半　　　　C.九点

2.判断题。

（1）狄狄和美狄从思念之乡找回了青鸟。　　　　　　(　　)

（2）奶奶为孩子们做了味道鲜美的蘑菇汤。　　　　　(　　)

3.爷爷为什么狠狠地打了狄狄一耳光？

_____

_____

Y 阅读与思考

1.狄狄和美狄去思念之乡的途中采摘了一束什么花？

2.为什么爷爷奶奶屋里的钟会突然响起？

第四章　夜　宫

M 名师导读

狄狄和美狄来到夜宫寻找青鸟，夜神威胁狄狄不能打开所有的大门，但狄狄还是把关着幽灵、疾病、战争、恐惧的四重大门打开了，都没有发现青鸟。狄狄打开最后一扇门后看到了什么呢？他找到青鸟了吗？

第二天早晨，两个孩子来到大厅，又见到了他们的伙伴。今天，大家准备去夜宫，期待能在那里找到青鸟。点名的时候，好几位伙伴都没有到。牛奶惧怕任何冒险，闭门不出；水说自己习惯躺在苔藓床上旅行，这次身心俱疲，她害怕累出病来，所以不想去。至于光明，自世界诞生以来她就跟夜是死对头，火是光明的亲戚，也讨厌夜。光明和孩子们吻别，把通往夜宫的道路告诉了狄洛，因为狗是负责领路的，接着这支小小的队伍就启程了。【名师点睛：作者按照每个物品独特的习性为他们做出合理的安排，从而使故事情节更好地发展。】

你一定能想象出来狄洛的样子。他像个小人儿似的，用两条后腿直立行走，那神态却和狗没有丝毫分别，鼻子不停地嗅来嗅去，舌头垂到脖子下面，前爪交叉抱在胸前。【写作借鉴：通过细节描写，生动地刻画出了狄洛此时的形象，加深了读者对他的印象。】他一刻都安静不了，东闻西闻，跑前跑后，每一段路都要侦察两遍，再累也无所谓。他觉得自己责任重大，所以无暇去理会路上的各种诱惑：他对垃圾堆无动于衷，对身边的一切熟视无睹，甚至遇见老朋友他都不肯停下来。

变成人形让狄洛乐不可支，尽管他并没有因此比以前更自在！生活

35

▶ 青鸟

的意义对于他来说和从前一样,因为他的天性一点儿都没变。假如他的感觉和梦想仍然和狗一样,变成人形有什么意义呢?事实上,他的苦闷烦恼甚至因为沉重的责任感增加了几百倍。

"唉!"他长吁一口气。他一心只想着帮小主人寻找青鸟,却始终未停下来想过,旅途的终点就是自己生命的终点。"唉,"他想,"要是我能抓住那只该死的青鸟,走着瞧吧,我连舌头尖都不会碰它一下,即使它像鹌鹑一样肥美,我也不会!"

面包神情凝重地跟在后面,拎着笼子,接着是两个孩子,糖在最后面。

但是,猫上哪儿去了?【名师点睛:狄莱特到底干什么去了呢?引发读者兴趣,同时为后文埋下伏笔。】要想知道她为什么不在,咱们得回顾一下她的观点。在仙女宫殿召集动物和物品开会的时候,狄莱特就开始在策划延误旅程的阴谋了,但是她没料到自己的同伴会那么木讷。

"那些傻瓜,"她想,"竟然会跪在仙女面前,好像承认自己有罪似的。他们险些就坏了我的大事,想想还是依靠自己吧。在我们猫的世界里,所有训练都是以怀疑为前提的,看来人的生活也遵循同样的规律。信任别人只能被出卖,最好的办法还是保持沉默,有什么打算都要藏在心里。"

亲爱的小读者们,猫和狗的处境没有差别:她也没有改变本性,凭借的仍然是以前的生存经验。当然区别在于,她很狡猾,而狄洛却太善良了。所以,狄莱特决定依照自己的计划行事,天还没亮就出去找老朋友夜了。【名师点睛:阴险自私的猫深夜外出,一意孤行,想阻止孩子们的行动。】

通往夜宫的道路既漫长又危险,两边都是悬崖。高耸的岩石在眼前绵延不尽,似乎随时都可能砸到你的身上,你却只能不停地攀高爬低。最后,你终于到了一个黑暗圆圈的边缘,从那儿开始你还得走下数千级台阶,才能抵达夜居住的用黑色大理石造就的地下宫殿。

猫常常去那里,在险峻的路上,她像羽毛一样敏捷地滑行,风鼓满了斗篷,像一面旗帜飘扬在她身后,帽子上的羽毛优雅地颤动,灰色的羊皮靴几乎沾不到地面。很快她就到了目的地,三步并作两步,迫不及待地跃进了夜休息的大厅。

眼前呈现出一幅美妙的画面。典雅威仪的夜像一位女王,倚靠在宝座上睡觉。周围没有一颗星星,没有一点儿光亮。猫的眼睛可以透过黑暗,夜对她来说没有任何秘密可言。所以,狄莱特就像在大白天一样,准确无误地看见了夜。

在唤醒她之前,猫充满敬意地看了一眼那张像妈妈一样亲切的脸。夜的脸像月亮一样银白,那坚毅的线条令人惧怕。夜的身体,透过黑色的薄纱隐约可见,就像希腊雕像一样美。她的"手臂"是一对巨大的翅膀,在睡梦中收在身后,从肩膀一直延伸到双足,赋予她无与伦比的庄严。【写作借鉴:外貌描写,使夜的形象更加丰满,更加鲜活。】虽然狄莱特深爱这位好朋友,但她没有一直凝视下去。事态已不容耽搁。她身心俱疲,倒在宝座的石阶前,悲伤地喵了一声。

"是我,夜妈妈!……我累坏了!"

夜天性多愁善感,容易担心。她的美处在安详与宁静的状态里,其秘密在于沉默,但是生活的打搅从不停止:一颗流星划过夜空,一片叶子飘落到地上,猫头鹰刺耳的鸣叫……任何风吹草动都会撕开她每天晚上覆盖在大地上的黑色天鹅绒罩衣。所以,猫的话音刚落,夜就浑身颤抖地坐了起来。她的巨大翅膀在身后舞动,她声音发颤地问狄莱特出什么事了。她一获悉迫在眉睫的危险是什么,就马上开始哀叹自己的命运不好。什么!竟有人类的孩子到她的宫殿来?而且靠着钻石的魔力,还有可能发现她的所有秘密!她应该怎么办?她的结局会怎样?她用什么保护自己?她顾不得冒犯自己唯一的神——沉默,发出撕心裂肺的尖叫。很明显,情绪这样激动,一点也解决不了问题。幸亏狄莱特早已熟知人世间的艰难苦痛,因此远比夜镇定。她抢在孩子们前面来夜宫,在路上已经想好了对策。她希望自己能说服夜,便对夜说:

"我能想到的办法只有一个:既然他们还是孩子,那么咱们就应该好

青鸟

好恐吓他们一下,让他们半途而废,至少不敢打开最里面的那扇门,不会找到藏在后面的月亮鸟和青鸟。单凭其他洞穴里的秘密就足以让他们心惊肉跳了。咱们是否安全,取决于你能否把孩子们吓住。"【名师点睛:为了自己的私欲,猫试图把夜拉到自己的小团伙中,借夜之手给狄狄和美狄设下重重阻碍,阻止他们寻找青鸟。】

显然,这已是唯一的办法了。可是夜还来不及回答,便听见一个声音。她那美丽的面庞立刻绷紧了,翅膀愤怒地展开,她的姿势和表情都告诉狄莱特,她已经采纳狄莱特的提议。

"他们到了!"猫喊道。

小队伍踏着夜宫阴暗的台阶小心翼翼地下来了。狄洛勇敢地走在前面,狄狄则惶恐地打量着四周,他心里显然很不踏实。周围的景致很壮观,但也很阴森。可以想象一下,一座黑色大理石的殿堂,庄严肃穆,就像坟墓一样。这里没有明确的天花板,拱圆形厅堂的乌木廊柱直直地指向天空。只有当你抬眼仰望时,才能看见些许微弱的星光。目光所及,最浓重的黑暗控制着一切,只有两朵时明时暗的火焰在夜的宝座两边燃烧,照见后面高大的铜门。从左右两边的廊柱间能瞥见许多扇铜门。

猫冲过去欢迎孩子们:

"这边,我的小主人,这边!……我提前告诉夜了,她非常乐意见到你们。"【名师点睛:尽管猫一直在背后耍心机,但表面上还是装作非常亲切的样子,体现了猫的伪善。】

狄莱特甜美的声音和脸上的笑容让狄狄放心了。狄狄勇敢自信地走到宝座跟前,说:"早安,夜夫人。"

夜一听见"早安"就毛骨悚然,这个词让她想起了自己永恒的死对头——光明,她高声叫道:

"早安?我可听不惯这个……你应该说'晚安',至少也该说,'晚上好'……"

咱们的狄狄不是来拌嘴的。在这位优雅的女士面前,他觉得自己无足轻重。他赶紧礼貌地赔礼道歉,委婉地请求夜答应自己在她的宫殿里寻找青鸟。

"它不在这儿,我从来没见过它!"夜愤怒地吼道,一边舞动着大翅膀吓唬狄狄。

可是狄狄毫无惧色地再三请求,夜开始担心起那颗钻石了。她害怕钻石会照亮整个黑暗的宫殿,完全摧毁自己的法力,所以她觉得还是顺从于心底的那个声音为好,于是装作慈悲地要放他一马的样子,她指了指宝座台阶前的大钥匙。

狄狄毫不犹豫地拾起钥匙,冲向宫殿的第一扇门。

大家都惊恐地颤抖起来。面包的牙齿吱吱作响,远远站着的糖痛苦地哀号起来。美狄则哭喊道:

"糖在哪儿?……我想回家!"与此同时,狄狄虽然也吓得脸色煞白,但他还是下定决心,准备开门。【写作借鉴:运用对比的修辞手法,突出了狄狄的坚强与无畏。】一阵喧闹过后,夜冷峻的声音突然响起,警告大家面临危险:"门里面可是关着幽灵哟!"

"老天爷啊!"狄狄想,"我从来没见过幽灵是什么样子,一定很吓人!"

忠心耿耿的狄洛站在他旁边,也吓得上气不接下气,因为狗最恨鬼了。

最后,钥匙还是在锁眼里转动起来。寂静像黑暗一样浓重地压迫着一切。没人敢动,甚至没人敢呼吸。就在此时,门开了,许多白色的身影顿时涌入幽暗的空间,向各个方向飘散。有些伸展开来,好像能抵达天空;有些缠绕在柱子上,有些在地面疾速地爬行。他们有点儿像人,但是却没法分辨他们的面容,也根本看不清他们。你刚锁定目光,他们立马就变成了一片白雾。【写作借鉴:通过环境描写,渲染出一种让人恐惧的氛围。】狄狄竭力去追赶他们,为了不破坏猫的计划,夜装作怕得不行。实际上,她和这些幽灵已经是几千年的朋友了,只要说句话,他们就会回到原来的地方,可是她执意不帮狄狄,还疯狂地扇着翅膀,哭天喊地,尖叫连连:

青鸟

"把他们赶走！把他们赶走！救命！救命！"然而那些可怜的幽灵，因为人类不再相信他们的存在，已经很少出来活动了，好不容易有机会出来透气，自然要放纵一番。假如不是狄洛老想咬他们的腿，吓到了他们，他们永远都不会躲回去的。

"老天啊！"门最终还是关上了，狗喘着气说，"我的牙齿锋利无比，可我从没见过这样的家伙！当我咬着他们的时候，我觉得他们的腿简直是棉花做的！"【写作借鉴：运用比喻的修辞手法，写出了狗一点都不畏惧幽灵，突出了狗的勇敢。】

这时，狄狄已经壮着胆子朝第二扇门走去，他问：

"这后面有什么？"

夜使劲地挥挥翅膀，好像要把他推开。这个小孩怎么如此顽固，什么都要看吗？【名师点睛：在夜的眼中，狄狄是一个顽固的孩子。但狄狄的行为正是他充满使命感、勇敢无畏的表现。】

"我开的时候必须小心吗？"狄狄怔怔地问。

"不，"夜说，"完全没必要……他们很安静，他们是些可怜的东西……一点儿也不快乐……人类凶神恶煞地跟他们打仗，已经有相当长的时间了！开吧，你自己看……"

狄狄小心翼翼地把门打开，往里看了一眼，而后惊讶得无话可说：里面好像什么也没有……

他正准备关门的时候，突然有个瘦小的女孩推开了他。她穿着睡衣，戴着棉布睡帽，开始在大厅里溜达。她摇着头，每隔一分钟就要咳嗽几声，打个喷嚏，抹一把鼻涕……还把拖鞋提一下，因为那双拖鞋太大了，老是滑下来。糖、面包和狄狄不再害怕，大笑起来。可是他们刚一靠近戴睡帽的小女孩，自己也开始咳嗽、打喷嚏了。

"她是最无足轻重的病，"夜说，"她叫感冒。"

"啊，老天爷！"糖想，"要是我老这么流鼻涕，我就必死无疑！我会溶化的！"【名师点睛：作者针对糖的特征，设计了充满想象力的故事情节，

<u>使整个故事充满童趣。】</u>

可怜的糖！他找不到藏身之处。自从旅程开始,他就格外珍爱自己的生命,因为他鬼使神差般地爱上了水！恰好这段恋情是让他眼下最痛苦的。

水天性多情,总盼着别人向她大献殷勤,不在乎跟谁在一起,但就可怜的糖而言,跟水在一起生活却是他承受不起的奢侈。因为他每吻一下水,自己就要消失一点儿,到了后来,一想到命不久长,他就禁不住浑身哆嗦。

当他发现自己受到感冒的威胁时,吓得差点儿逃出宫殿,幸亏咱们的狄洛及时出手相救,把那个小女孩赶回了洞穴。看见这趟任务并没想象中的那么可怕,狄狄和美狄也如释重负,笑着看狄洛的表演。

狄狄胆子越来越大,迫不及待地跑到下一扇门跟前。

"当心！"夜用令人毛骨悚然的声音警告他,"是战争！她们现在非<u>常的强大！【名师点睛:法语"战争"一词是阴性,这里用的又是复数,故原文用"她们"指代。】</u>哪怕只有一个逃出来,会有什么后果我想都不敢想！你们都站在这儿,随时准备把门推回去。"

夜话音未落,鲁莽的小家伙就后悔了,他徒劳地想关上刚打开的门。<u>门的那边,一种不可抗拒的力量在向外推,血从缝隙里涌出来,火苗从缝隙里蹿出来,号叫声、咒骂声、呻吟声、大炮和机关枪的轰鸣声混成了一片。【名师点睛:"血""火苗"和各种可怕的声音,体现出战争的残酷。】</u>夜宫里的每个人都惊慌失措地四处奔窜,面包和糖想逃走,却无路可走,只好和狄狄并肩作战,用肩膀死死地抵住门。

猫装出心急如焚的样子,其实打心眼里高兴。

"这下他们一定不敢开下一个门了吧,"她转动着胡须暗自思忖(cǔn),"他们肯定吓坏了。"

勇敢的狄洛奋力救主,美狄则躲在角落里泣不成声。

终于,咱们的小主人公发出胜利的叫喊:

"太棒了！她们住手了！咱们胜利了！门给关上了！"

青鸟

他说完，就疲惫不堪地瘫倒在台阶上，惊魂未定，小手颤抖地擦着前额的汗水。

"感觉怎么样？"夜冷冰冰的声音传了过来，"受够了吧？你看见她们了吗？"

"嗯，看见了！"美狄呜咽着说，"她们既丑陋又恐怖……青鸟绝对不会在她们这儿……"

"你说的一点都没错，"夜怒不可遏地说，"就算有，也早被她们吃了……你应该明白，再找下去也是徒劳……"但狄狄坚定地站直了身体，"这儿我必须找遍才行，"他毫不犹豫地说，"光明是这么说的……"

"她自己待在家里做胆小鬼，"夜不屑地说，"动嘴皮子当然毫不费力！"

"咱们去下一扇门，"狄狄果断地说，"里面是什么？"【名师点睛：夜的挑拨离间，丝毫没有动摇狄狄继续寻找青鸟的决心。】

"里面关着阴影和恐惧！"

狄狄思索了一会儿。

"阴影？"他想，"夜夫人想必是在跟我开玩笑吧。有光才有影，我到这儿都一个多小时了，这宫殿里除了黑暗什么都没有，我真想早点儿重见天日。至于恐惧，如果他们和那些幽灵差不多，那也只是小儿科罢了。"

他走过去，把门打开了，同伴们根本还没来得及反对，他们还在因为刚才的情景而吓得四肢瘫软，都还坐在地上休息呢。他们惊诧地看着彼此，庆幸一番惊魂之后还能活下来。狄狄镇定自若推开了门，什么东西也没出来。

"什么也没有！"他说。

"不对，有的！他们在里面！小心！"夜装作惊慌失措的样子。

夜气急败坏了，她原以为这些恐惧能让小家伙知难而退，结果你看，一直被人鄙视的恐惧们反倒怕他！她满脸堆笑地劝了他们半天，才走出来几个披着灰色纱衣的高个子。他们在大厅里东奔西跑，可是一听见孩子们的笑声，他们立刻吓得魂不守舍，逃回了门里面。至少就夜来说，计划已经失败,致命的时刻即将到来。狄狄已经径直朝着宫殿尽头的大门走去,夜试图最后一次劝阻狄狄。

"别开这扇门!"她万分惊恐地喊道。

"为什么?"

"因为这是被禁止的!"

"那它就是青鸟的藏身之地!"

"就此住手吧,别去试探天命,别打开这扇门!"

"到底是为什么呀?"狄狄执着地问。

他如此冥顽不化,夜不禁怒不可遏。她警告他说,最可怕的景象即将出现:

"不管是谁,一旦打开这道门,即便打开头发丝那样一小点儿,都不可能活着回到日光之下,一点生还的机会都没有!如果你执意要做,那么你所遭遇的一切,将令世人谈论的所有恐怖、所有危险、所有苦难都微不足道!"

"别,千万不要,我的小主人!"面包牙齿发颤,哀求道,"住手!可怜可怜我们吧!我跪着哀求您了!"【写作借鉴:通过语言、动作描写,写出了面包胆小怕事的特性。】

"我们大家的生命都掌握在你的手里了。"猫愤愤地说。

"我不要!我不要!"美狄抽泣着说。

"可怜可怜我吧!"糖攥紧了手指说。

所有的同伴都泪流满面地围在狄狄周围。只有亲爱的狄洛尊重小主人的意愿,一句话也不敢说,虽然他坚信自己生命的最后时刻马上就到了。【名师点睛:危难时刻见真情。这里的"最后时刻"是指生命的尽头,虽然狄洛也害怕打开最后一扇门,但他为了成全小主人的意愿,甘愿自我牺牲,可见狄洛对主人的忠诚。】两颗大大的泪珠从他脸上滑落下来,他失落地舔着狄狄的手。这真是感人的一幕,咱们的小主人公禁不住有些犹豫。他的心在呼呼作响,他的喉咙因为苦楚而干渴,他想说什么,却吐不

▶ 青鸟

出一个字。再说,他也不愿在不幸的同伴面前显出自己的脆弱!

"如果这任务连我都完成不了,"他自言自语,"那谁能完成?要是朋友们看出了我的惶恐,我就一点指望都没有了,他们无论如何不会让我继续冒险的,这样一来我就永远找不到青鸟了!"

想到这儿,他的心几乎要蹦出胸膛,一股执拗的豪情壮志油然而生,压过了恐惧和犹豫。幸福已经唾手可得,哪怕要冒着失去生命的危险,也绝不能放弃,一定要拼尽全力,将它交到人类手中!

他不再动摇,决心用自己的生命赌一把。他像真的英雄一样,舞动着沉重的金钥匙,大喊:

"这门我必须打开!"【写作借鉴:语言描写,把狄狄坚强、执着的性格展现得淋漓尽致。】

他冲到大门前面,狄洛也紧随其后,在旁边喘着气。可怜的狗吓得都要晕过去了,可是自豪与忠诚由不得他屈服于自己的恐惧。

"我陪着你!"他自信地对主人说,"我不怕!我要留在小主人身边!"

此时此刻,其他人都已拼命地跑开了。面包躲在一根柱子后面,吓得直掉渣儿;糖抱着美狄躲在一个角落里,不断地溶化着;夜和猫都气得直打冷战,藏在宫殿的另一头。【写作借鉴:通过对各人的动作、神态描写,展现了大家对打开大门时的恐惧,同时也衬托出了狄狄的勇敢。】

狄狄最后一次亲吻了狄洛,把他拥在胸前,然后他勇敢冷静地把钥匙塞进了锁孔里。恐惧的叫声从大厅四面八方传来,四处逃窜的同伴都躲进了各个角落,两扇门魔法一般地分开了,眼前的景象令咱们的小英雄震撼、沉醉,说不出一句话来!多么美妙的惊喜!展现在他面前的是一个梦幻般的神奇花园,花朵像星星一样炫目,瀑布从天空中一泻千里,树木沐浴在银白色的月光里,一丛丛玫瑰间还盘旋着某种好像青云的东西。狄狄揉了揉眼睛,几乎不敢相信自己的眼睛。他等了一会儿,又看了一眼,接着冲进花园,发疯一般地高喊起来:

"快过来!……快过来!……它们在这儿!……咱们终于找到它们

了！……上万只！……上亿只！……来呀，美狄！……来呀，狄洛！……来呀，大家都过来！……帮帮我！……一抓就是一把！……"

伙伴们见没有危险，都兴高采烈地跑过来，在花园里东奔西跑，比赛谁捉的鸟儿最多。

"我已经捉到了七只！"美狄兴奋地喊道，"我都拿不下了！"

"我也是，"狄狄高声说，"我捉得太多了！……它们逃跑了！……狄洛也捉住了一些！……咱们离开这吧，快点儿！……光明等着咱们呢！……她肯定会很高兴的！……这边，这边！……"【名师点睛：狄狄断断续续的话语，表现出他看到青鸟时激动的心情。】

他们都跳着舞，哼着胜利的歌，前呼后拥着跑出了花园。

夜和猫却一点儿也高兴不起来，她们焦急地溜进了大门里面。夜带着哭腔问：

"他们捉住它了吗？……"

"没有。"猫答道，她看见真正的青鸟歇宿在高处的一道月光上。"他们抓不着它，它的位置太高了……"

咱们的朋友们急不可耐地沿着夜与昼之间的不计其数的台阶往上爬，每个人都抱着自己捉住的鸟儿，丝毫没有料到，他们离阳光越近，这些楚楚可怜的生灵就离死亡越近。当他们抵达最高一级台阶时，怀中的鸟儿全部死了。光明在上面心急如焚地等着他们。

"怎么样，你们捉住它了吗？"她急忙问。

"捉住了，捉住了！"狄狄兴奋地说，"要多少有多少！你看！好几千只呢！"

他一边说，一边伸出手，让她看那些鸟儿。他诧异地发现，他怀里抱着的竟是一堆死鸟，这些鸟翅膀已经折断，脑袋耷拉着！狄狄绝望地转向他的同伴。天啊！他们捉来的鸟儿也都死了！

狄狄一头扑到光明的怀里，他的梦想又一次破灭。【名师点睛：历尽千辛万苦捉回来的青鸟竟然都死了，狄狄满怀喜悦的心情仿佛被泼上冰凉

45

▶ 青鸟

的冷水,他是多么痛苦、绝望啊!】

"别哭,我的孩子。"光明说,"能在阳光下生存的那只你没捉住……咱们早晚会找到它的……"

"当然,咱们会找到它的。"面包和糖喃喃自语。

他俩都想安慰狄狄。至于狄洛,他气得都快疯了,暂时忘记了自己还有尊严,竟然盯着那些死鸟说:"它们的味道应该很好吧?"

大家开始往回走,打算去光明的庙宇过夜。这是一段沮丧的旅程,他们都为离开了宁静的家而后悔,都在心里埋怨狄狄不够细心慎重。糖走到面包旁边,轻声说:"主席先生,难道你不觉得咱们是无功而返吗?"

糖的称呼让面包格外受用,他骄傲地说:

"别担心,亲爱的伙伴,这事儿我会处理的。那个老是异想天开的小疯子,假如咱们总听他的,就没法过日子了!……明天,咱们待在床上,什么地方都不去!"【名师点睛:通过面包的语言描写,可以看出面包骄傲、自负的性格特点。】

他们都不记得了,如果没有这个他们不屑一顾的小男孩,自己哪能活到今天?假如狄狄突然说,面包必须回到面包箱里等着人吃,糖要被切成小块,放进爸爸的咖啡和妈妈的糖浆里,他们俩必定会跪在自己的恩人面前,苦苦哀求了。实际上,在遇到真正的困境之前,他们是不会感激自己的好运的。

可怜的东西!贝里吕娜仙女送给他们生命的时候,在他们的躯壳里应该多装一点儿智慧。但是,也不能太怪罪他们,他们只不过是效仿人类罢了。人有语言的天赋,却投身于无益的闲聊;人有判断的能力,却只用来指责别人;人有丰富的情感,却只知道埋怨生活。【名师点睛:作者借评价拥有了灵魂的面包和不珍惜生命时光的糖,暗示有的人碌碌无为、荒废时日的情形。】他们有一颗心,只是增加了惧怕不安,却没有增加幸福。他们有一颗头脑,本可以轻易地安排一切,他们却置之不理,任其朽坏。如果你能把他们的头颅打开,研究里面的情形,你会发现可怜的大脑——

他们最宝贵的财产——却随着他们的每一个动作在空空如也的头盖骨里晃荡颠簸,就像豆荚里干瘪的豆子。

值得庆幸的是,有着奇妙智慧的光明深知他们的品性。所以她决定只在万不得已时才利用这些元素和物品["元素"指水和火,"物品"指面包、糖和牛奶]。

"他们的作用在于,"她自言自语,"一路上给孩子们提供食物和快乐,但不能让他们面临挑战,因为他们既缺乏勇气,又没决心。"

大家各怀心思继续往前走,路变得开阔而明亮。路的尽头,光明的庙宇矗立在一座水晶山上,光芒四射。两个孩子筋疲力尽,狗轮流驮着他们,当到达庙宇台阶的时候,他们差不多都快睡着了。

Z 知识考点

1.填空题。

(1)水说自己习惯躺在_____旅行。

(2)天还没亮,狄莱特就出去找老朋友——_____了。

2.判断题。

(1)狄狄在夜宫一共打开了四扇门。（   ）

(2)在最后一扇门里,大家不但看到了美丽的花园,还看到很多青鸟在飞翔。（   ）

3.问答题。

狄莱特为什么要赶在狄狄之前见夜?

Y 阅读与思考

1.夜为什么要一再阻挠狄狄开门?

2.为什么狄狄和美狄在夜宫捉到的青鸟都死了?

▶ 青鸟

第五章　未来之国

M 名师导读

> 狄狄和美狄来到了未来之国,看见许多还未出生的小孩,以及这些孩子降生到人间时将要带去的礼物:可以增进人类幸福的东西,先进的发明,比梨子还要大的葡萄……他们还看到了孩子的降生。这时他们被时间发现了。他们将会面临怎样的挑战?他们能顺利找到青鸟吗?

第二天,狄狄和美狄从睡梦中醒过来,心情都非常好。<u>孩子天性无忧无虑,昨天的失望早忘了。光明的赞美让狄狄深感自豪,看他那兴奋的样子,我们会觉得狄狄仿佛已经找到了青鸟。</u>【名师点睛:开篇把狄狄和美狄无忧无虑、天真的特性表现得淋漓尽致。】

光明抚摸着狄狄的黑色卷发,微笑着说:"我很知足。你这么勇敢、坚强,我相信你想要的东西很快就能找到。"

狄狄并不明白光明话中的深意,不过听到赞扬后他非常开心。再说,光明已经向他承诺,今天的旅程没有什么危险。相反,他还会遇见不计其数的小孩子,他们会向他展示地球人无法想象的奇妙玩具。

她还说,这次他们兄妹俩可以和她一起去,其余伙伴都留下来休息。

正是出于这个考虑,光明才召集大家在她的地下室里会合。光明觉得最好把这些动物和物品关押起来,她知道,如果没了约束,他们很可能会逃跑,会出去惹祸。她这么做一点儿也不残忍,因为她的地下室比人类的别墅还明亮,还精致;可是没她的允许绝对不能出去。因为只有光明具备法力,她只要舞动魔杖,走道尽头的翡翠墙就会分开,从那里跨过几级水晶台阶,就会来到一个绿色透明的洞穴,看起来像一片阳光普照下的森林。

平时这个大厅空荡荡的,可是现在里面有几张沙发,一张黄金桌,桌上摆满了各种各样的水果、点心和美味的葡萄酒,都是光明的仆人刚刚准备的。这些仆人很搞笑!孩子们见了不禁乐不可支。他们穿着白绸的长袍,戴着黑帽,帽顶上是一朵火焰,看起来就像燃烧的蜡烛。【写作借鉴:运用比喻的修辞手法,把穿着白绸的仆人比作一根蜡烛,形象可爱,让人忍俊不禁。】光明命令他们退下,然后对这些动物和物品说,要服从安排,还问他们是否需要书和玩具。他们笑着答道,除了吃饭睡觉没有什么更美的事了,对这个地方他们也很满意。

狄洛明显不认同这种看法。他的爱心克服了贪婪和懒惰。他用黑色的大眼睛哀求狄狄。要不是光明绝对不允许,狄狄是很想带这个忠诚的伙伴上路的。

"我也没有办法,"狄狄亲了他一下说,"也许是因为我们去的地方不适合你去。"

突然狄洛兴奋地蹦了起来,他有了一个两全其美的想法。他刚刚抛下真正的狗生活,所有的细节都没忘记,尤其是那些痛苦的细节。最痛苦的是什么?不就是被铁链锁住吗?拴在铁环上的狄洛,曾经度过了很多凄凉的时光!狄狄爸爸进村的时候,总是粗暴地用链子拽着他,让他在所有人前面晃动,那令他多么屈辱!他不仅被剥夺了向朋友问候的乐趣,而且也不能享受在每个街角、每条沟渠闻那些美妙气味的快乐!

"好吧,"他自言自语,"只要能和他们一起去,我再次忍受这种屈辱也无所谓了!"

他现在看起来文质彬彬,却也遵照自己的惯例,戴上项圈。然而身边没链子,怎么办呢?他正愁容满面,突然看见躺在沙发上的水有气无力地玩着她的珊瑚项链。他笑容可掬地走过去,先说了一大堆奉承话,然后才请求她把最大的那串项链借给他。【名师点睛:狗向水借珊瑚项链

青鸟

当链子用，体现出他一心想陪在小主人身边的迫切心理。】适逢水心情不错，不但答应了他的请求，还主动把项链的一端系在了他的项圈上。

狄洛乐呵呵地走到主人身边，把"链子"塞到他手中，然后跪在他脚下哀求说："这样总该带我去了吧，我的小主人！有链子拴着，不会有人为难一只可怜的狗的！"【写作借鉴：通过语言描写，进一步衬托出狄洛对小主人的忠心耿耿。】

"很抱歉，就算这样，也不能让你去！"光明说。狗的自我牺牲精神感动了光明，为了安慰他，她说命运即将安排一场考验，那时他会帮孩子们大忙的。

就在说这些话的时候，她轻轻碰了一下翡翠墙。墙开了，她和两个孩子疾步走了出去。

在庙宇门外等着她的"马车"，原来是一个漂亮的碧玉贝壳，上面还嵌着黄金。他们三个刚一坐好，拴在贝壳上的两只白色大鸟立刻腾空而起，飞入云霄。鸟飞得快如闪电，旅途没花多少时间，孩子们很遗憾，因为他们很痴迷路上的景色，一直笑个不停。但后面还有更惊喜更美丽的景象等着他们呢。

周围的云彩慢慢消失了。突然，他们发现自己置身于一个令人目眩神迷的青色宫殿里，这里的一切都是青色的。整个空间，光、石板路、石柱、穹顶，甚至最小的物品，都是青色的。极目远眺，眼前是一片无穷无尽的青色世界，让人如临仙境。

"好美啊！"狄狄满心的惊奇无法抑制，"天啊，多美啊！咱们这是在哪儿？"【写作借鉴：从狄狄发出的感叹中，可以想象这是一个多么美妙的世界，推动故事情节向前发展。】

"这是未来之国，"光明神秘地说，"我们来到了还没出生的婴儿所待的地方。咱们在钻石的协助下看到了这个人类察觉不到的领域，看来很有希望在这儿找到青鸟。看，婴儿们朝我们跑过来了！"

一群婴儿从东南西北各个方向跑过来，他们穿着青色长袍，头发有黑色的、金色的，都特别漂亮。他们兴奋异常地嚷着：

"活小孩儿！快来看活小孩儿！"

"他们为什么叫我们'活小孩儿'呢？"狄狄好奇地问光明。

"因为他们还没开始活呢，他们还在等待出生的时辰。咱们地球上所有的孩子都来自这里。当爸爸妈妈想要孩子的时候，后面那道大门就会开启，然后小家伙会从那里到地球上去。"

"好多婴儿呀！"狄狄兴奋地喊道。

"还有更多呢！"光明说，"没有谁能数得过来。你再往前走走，会看到更多东西呢。"

狄狄按她的指示往前挤，可是他几乎寸步难行，因为不停地有婴儿朝他们蜂拥而来。最后，他终于爬上了一个台阶，越过无数好奇的脑袋，看清了宫殿各处的情形。这一切实在太奇妙了！狄狄即使在梦里也从来没见过这样的场面！他兴奋得手舞足蹈。美狄拽着他，踮着脚东张西望。她也看见了，拍着手，惊喜地叫喊。【写作借鉴：神态描写与动作描写，表现出兄妹俩此时好奇、兴奋的心情，充满童真童趣。】

数不清的青衣婴儿簇拥在他们的周围，有的在玩耍，有的在东奔西走，有的在说话，有的仿佛若有所思。有许多婴儿在睡觉，也有很多在工作。【写作借鉴：运用排比的修辞手法，描写了未来之国青衣婴儿的活动和数量之多，让兄妹俩心中充满震撼。】他们的工具和建造的机器，他们种植的花草或采撷的果实，也和整个宫殿的氛围一样，是那种天堂般的、晶莹剔透的青色。

一些身着青衣的高个子在婴儿中间来来往往，他们美丽优雅得就像天使一般。他们朝光明走过来，一边走一边缓慢地推开那些青衣婴儿。婴儿们安静地退回去做自己的事，但依然好奇、惊讶地注视着咱们的朋友。

其中一个婴儿却没有走，站在离狄狄不远的地方。他个头很小，天青色的长丝袍下面露出一双粉红的、有涡儿的小脚。他惊奇地望着狄狄，不由自主走了过来。

▶ 青 鸟

"我可以和他讲话吗?"狄狄问,兴奋之中掺杂着惧怕。

"当然可以,"光明说,"你应该和他做个好朋友。我到一边儿去,这样你们就可以无拘无束地聊天了。"

她说着就走到远处,剩下两个孩子站在那里,羞怯地笑着。然后,他们打破了沉默。

"你好!"狄狄说着,向那个婴儿伸出手。【名师点睛:从狄狄的语言、动作中可以看出他是一个友善的孩子。】

可是婴儿不明白这是什么意思,站在原地一动也不动。

"这是什么?"狄狄摸着婴儿的青色袍子问。

婴儿仍然目不转睛地看着他,没有回答,只是神情严肃地用手指碰了碰狄狄的帽子,咬着舌头,口齿不清地问:

"这是什么?"

"这个?……是我的帽子。"狄狄说,"你没有帽子吗?"

"没有。那有什么用?"婴儿问。

"和人问好时可用它来致意,"狄狄答道,"另外,天冷的时候可以戴上它。"

"'天冷'是什么意思?"婴儿问。

"当你冻得直打哆嗦,就是'冷'呀!"狄狄说,"就像这样!"狄狄做出哆嗦发抖的样子给他看,装成很冷的样子使劲地搓手。

"地球上冷吗?"婴儿好奇地问。

"嗯,有时候,冬天没有火炉很冷……"

"为什么没有火炉呢?"

"因为太贵,买木柴是要钱的。"

婴儿又扫了一眼狄狄,仿佛一句也没听明白,这下轮到狄狄奇怪了。

"毫无疑问,他连最普通的东西都一无所知。"咱们的小主人公想。

婴儿也怔怔地盯着他,对他这个无所不知"活小孩儿"佩服不已。【写作借鉴:对话描写,把婴儿充满好奇的特点展现得淋漓尽致,也表现了狄狄的

和善、有耐心。】

他又问狄狄什么是钱。

"就是买东西时要付给别人的东西!"狄狄答道,对他的问题感到非常好笑。

"噢!"婴儿若有所思地说。

其实,他什么也不明白。他这样一个乐园里的小孩子,愿望还没说出口就能心满意足,怎么能够明白?

"你几岁了?"狄狄问。

"我快出生了,"婴儿说,"还有十二年……出生好玩吗?"

"当然,好玩极了!"狄狄毫不犹豫地嚷道,"很有意思!"

然而当婴儿问他是怎么生出来的时候,他却不知怎么回答了。在另一个小孩面前一无所知,这是他的自尊心所不能接受的。于是他像大人一样,两手插在裤子口袋里,两腿叉开,仰着头,做出一副若有所思的样子,看着真是挺搞笑的。【名师点睛:被婴儿问住了后,爱面子的狄狄装出一副成熟的样子来掩饰自己的窘态。】最后,他耸耸肩,答道:

"说实话,我也记不得了!那是很久以前的事了!"

"他们说地球上很舒服,人们都很快乐!"婴儿说。

"嗯,是挺好的,"狄狄说,"那儿有小鸟,有点心,有玩具,有些孩子这三样都有……即使什么都没有也没有关系,可以看别人的!"

这个回答突显出了狄狄的性格。他傲气十足,甚至显得居高临下,可是他从来不嫉妒别人,开阔的心胸让他身处贫困却还能替那些富足的人感到快乐。

两个孩子还聊了许多别的东西,可是要全告诉你们就太啰唆了,因为他们的话题有些只有他俩才感兴趣。不久,在远处看着他们的光明焦急地赶了过来:狄狄哭了!大颗的泪珠顺着他的脸颊滑落下来,滴在漂亮的外套上。【名师点睛:"焦急地赶了过来",说明光明对狄狄充满关爱之情。】她知道,狄狄肯定是提到了奶奶,想到失去的那份爱,他控制不住泪

▶ 青 鸟

水。他扭过头去,想掩饰自己的情感,可是好奇的婴儿却有问不完的问题:

"大家的奶奶都会死吗?'死'是什么意思?"

"就是她们在某天走了,永远都不会回来了。"

"你奶奶走了吗?"

"是的。"狄狄说,"她对我非常好。"

说到这儿,可怜的孩子又情不自禁地哭了。

婴儿从来没见过别人掉眼泪,因为在他居住的世界里是没有痛苦的。他十分惊奇,大声问:"你眼睛怎么了?……它们在造珍珠吗?"

他觉得眼泪很妙不可言。

"不,这不是珍珠。"狄狄害羞地说。

"那是什么?"

<u>然而咱们的狄狄认为哭是丢人的事,当然不愿承认。他不知所措地揉着眼睛,说都是宫殿里刺眼的青色给害的。</u>【名师点睛:细节描写,在婴儿眼中妙不可言的眼泪,对狄狄来说却是软弱的象征,所以他极力否认。】

婴儿满脸茫然,继续问:"从你眼睛里掉下来的东西是什么?"

"没什么,只是一点儿水而已。"狄狄有些不耐烦地解释道,一心盼着搪塞过去。

但没那么容易,婴儿出乎意料地执着。他用手指抚摸着狄狄的脸,一脸困惑地问:"是从眼睛里出来的吗?"

"是的,哭的时候会从眼睛里流出来。"

"'哭'是什么意思?"婴儿继续追问。

"我可没哭,"狄狄挺了挺胸膛说,"都是这青色给害的!但是如果我真哭,出来的东西也是一样的。"

"地球上的人经常哭吗?"

"小女孩会,小男孩不会。你们没人哭过吗?"

"不哭,怎么哭我都不知道。"

"你会学会的,早晚的事。"

这时,狄狄感到背后刮来一阵大风,他转过头,看见一台大机器在几步之外,刚才他忙着和婴儿说话,没有注意到。【名师点睛:过渡句。此时狄狄终于可以结束这没完没了的关于"眼泪"和"哭"的对话了。】那机器真是宏伟,可是我不能告诉你名字,因为未来之国的发明还没有到达地球之前,人是不可以给它们取名的。我只能说,当狄狄看见那些飞旋的青色翅膀时,他觉得和地球上的风车差不多。倘若某天他真找到青鸟,它的翅膀也不会比眼前的大机器更精致、更美丽、更夺目。【名师点睛:连用三个"更",突出了这个大机器翅膀的特点。】他叹为观止,问新结识的小伙伴那是什么。

"那个?"婴儿得意地说,"是将来我在地球上要发明的东西。"

看见狄狄瞪大了眼睛,他又说:"等我到了地球上以后,一定要发明那些能够让人幸福的东西。你想看看吗?在那边两根柱子的中间。"【名师点睛:对地球一无所知的婴儿,看到他的发明让狄狄"瞪大了眼睛",心中十分得意,想展示更多的发明。】

狄狄转身去看,然而所有的婴儿都朝他蜂拥而来,高喊:

"不,不,来看我的!"

"不,我的更漂亮!"

"我的最奇特!"

"我的是糖做的!"

"他的不如我的!"

"我有一种没人知道的光!"最后一个婴儿轻声说着,用一种奇特的火焰把自己点亮了。

两个"活小孩儿"在一片欢呼声中被他们拉到了青色的车间里。每个发明者都开动了他们的理想机器。机器旋转起来,形成淡蓝色的光环,有车轮、圆盘、飞轮、齿轮、滑轮、传送带,以及一些奇特的、尚无名称的物件,全部罩在一片虚无缥缈的淡蓝色雾气中。许多奇特神秘的机械飞起来,在穹隆[指天空中间高四周下垂的样子,也泛指高起成拱形的]中飞

▶ 青鸟

翔，或者在柱子脚下爬行。有的青衣孩子展开设计图纸，有的翻看书籍，有的掀开青色雕塑的罩布，有的拿来大得出奇的花果，好像是蓝宝石和绿松石雕成的。【名师点睛：在作者心目中，存在着三个世界：活着的世界、死去的世界和看不见的世界。这一段非常有科技感的描写，表现了作者对未来世界的想象和对人类前途命运的构想。】

咱们的小朋友站在那里，目瞪口呆，手紧紧扣在一起。他们简直觉得自己身在天堂。美狄俯身看一朵巨大的花，乐不可支，花瓣把她的整个头部遮住了，就像青色丝绸做成的帽子。一个长着一头黑色头发和一双聪慧眼睛的漂亮女婴儿，扶着花茎自豪地说：

"等我到了地球上，花儿就会是这个样子！"

"还要等多长时间？"狄狄迫不及待地问。

"五十三年四个月零九天。"

接着两个青衣婴儿走了过来，他们吃力地抬着一根竹竿，上面挂满了大得出人意料的葡萄，每一颗甚至比梨还大。【名师点睛：葡萄比梨还大？引起读者的好奇。】

"好大的一串梨！"狄狄惊喜地喊道。

"不对，是葡萄。"一个婴儿神气地说，"等我三十岁的时候，葡萄就都是这个样子了。我已经发现了其中的诀窍！"

狄狄正想上前品尝，又一个婴儿过来了，一位高个子和他一起抬着一个柳条筐。他那娇小的身躯几乎完全被挡住了，只有金色的头发和玫瑰色的笑脸从筐边的叶子间露出来。

"看！"他兴高采烈地说，"看我的苹果！"

"可这是甜瓜呀！"狄狄满脸疑惑。

"不对！"婴儿连忙解释说，"这是我种的苹果，等我出世之后，会让所有的苹果都变成这样子！我有新的栽培方法！"

亲爱的小读者，咱们的小英雄所看见的匪夷所思的奇妙东西，我再讲多久也讲不完。这时，大厅里突然传来了一阵雷霆般的笑声。【写作

【借鉴:过渡段,总结上文,同时自然引出下文小国王的出场。】

刚才,一个婴儿告诉他们,那是九行星之王在笑,狄狄狐疑地扫视着周围。所有婴儿脸上都笑容可掬,都往同一个方向看去。可是狄狄凝视半天,什么也没看到。他们说的是位国王,因此狄狄努力寻找着坐在一个宝座上面、手持金杖的、高大威严的人物。

"那边……那边……再低一点儿……就在你后面!"成千上万个声音不约而同地说。

"可是哪儿有国王啊?"狄狄和美狄不解地问,他们都很感兴趣。

突然,一个响亮而严肃的声音盖过了所有银铃般的童音:

"我在这儿!"那个声音自豪地宣布。

与此同时,狄狄才发现一个他刚才没注意到的胖乎乎的小婴儿,因为他是最小的一个,并且一直没凑过来,独坐在一根廊柱下面,对周围的一切熟视无睹,专注地想着什么。只有这个小国王毫不在意"活小孩儿"。他的眼睛漂亮、灵动,颜色像宫殿一样青,沉浸在无穷的梦想里,他用右手托着头,仿佛里面盛满了沉甸甸的奇思妙想。他穿着束腰的短袍,露出带涡儿的膝盖,金色的头发上戴着一顶金色的王冠。当他说"我在这儿"的时候,从台阶上站了起来,想一步就跨上去。但是他的手脚还太不灵活,结果鼻子着地摔了下去。他马上站了起来,神色凝重,谁都不敢嘲笑他。这次,他手脚并用爬上台阶,两腿分开,站在那儿,上下打量着狄狄。

"你的个头不大呀!"狄狄好奇地说,差点儿笑出声来。

"可是我要做的事并不小。"小国王以毋庸置疑的口吻回击了一句。

"你要做什么事?"狄狄追问道。

"<u>我要建立太阳系的行星联盟。</u>"小国王不可一世地说。【名师点睛:这个连走路都不太灵活的小国王竟然有如此大的志向,真可谓有志不在年高。】

狄狄惊讶得一句话也说不出来。小国王接着说:"所有的行星都会参加,土星、天王星和海王星不包括在内,他们的距离太远了。"

说完,他东倒西歪地下了台阶,又恢复了先前的姿势,以示他把该说

▶ 青 鸟

的都说了。

狄狄没去影响他的沉思,他还想挖掘这些婴儿的更多秘密呢。【名师点睛:设置悬念,引起读者兴趣,推动故事情节向前发展。】接下来,他不仅结识了新太阳的发现者,还结识了新快乐的发明者,以及将从地球上铲除邪恶的英雄和将要征服死亡的狂人……新朋友数不胜数,花上一个月也说不完。狄狄略感疲惫,也有点儿心烦意乱了。这时,狄狄听到一个婴儿在叫他:"狄狄!狄狄!你怎么了,狄狄,你好吗?"

从大厅深处,一个青衣婴儿一路推搡着跑过来。他长得眉目清秀,很像狄狄。

"你怎么知道我的名字?"狄狄不解地说。【写作借鉴:这个青衣婴儿是谁呢?作者借狄狄之口抛出问题,将读者的注意力吸引到了下文之中。】

"这有什么奇怪的,"婴儿说,"我是你未来的弟弟。"

这次,两个"活小孩儿"真的目瞪口呆。太奇妙的会面了!回去他们一定要马上告诉妈妈!家里人一定会惊讶得难以置信!

他们正想着呢,婴儿接着说:

"在明年复活节前的那个星期天我就要出生。"他认真地说。

紧接着,他问了哥哥无数个问题:家里舒服吗?吃得好吗?爸爸凶吗?妈妈怎么样?

"妈妈对我们好得不能再好!"两个小家伙说。

后来,他们又反过来问他问题:他到地球上有什么打算?他准备带什么去?

"我会带三种病,"小弟弟吞吞吐吐地说,"猩红热、百日咳和麻疹。"

"啊,就这些啊!"狄狄惊讶地说。

他摇了摇头,明显很失落,小弟弟又说:

"然后我就会离你们而去!"

"那又何苦来呢!"狄狄心里很难过,有些不高兴地说。

"这我们可做不了主!"小弟弟也有些懊恼。【写作借鉴:作者用对话

的形式推动故事的发展,为后文埋下伏笔。】

还没到地球上呢,他们就争吵了起来。幸亏一大群青衣婴儿把他们推开了,蜂拥着向前,像是去见什么人。与此同时,他们听到一阵雷霆般的声响,仿佛回廊尽头一起打开了数千扇看不见的门。

"发生了什么事?"狄狄问。

"时间来了,"一个青衣婴儿说,"他要开门啦。"

周围一片喧闹。婴儿们急不可耐地把自己的机器和作品抛下了,那些睡觉的婴儿也从睡梦中惊醒,所有的眼睛都急切不安地瞧向大厅深处的乳白色大门,所有的嘴都不约而同念叨着同一个名字。"时间!时间"的喊声响彻宫殿。神秘的响声还在继续。狄狄急切地想知道真相,他费了很大劲儿抓住了一个小婴儿的袍边,问他到底发生了什么事。

"别拉着我,"婴儿心急如焚地说,"我得赶快过去,今天也许就会轮到我……黎明到了,正是今天该出生的孩子去地球的时辰。你会明白的……时间正在拉开门闩呢……""谁是时间?"狄狄问。"是一个老人,他会来叫该去地球的人。"另一个婴儿说,"他不算凶,只是他一点不讲情面……如果你的时辰没到,再怎么求他也一点用没有,他会把想走的人全推回来……别拦我!也许轮到我了!"

<u>此时此刻,光明冲到咱们的小朋友身边,表情凝重地说:</u>

"<u>我正找你们呢,</u>"她焦急地说,"<u>快跟我来,要是你们被时间发现,后果不堪设想。</u>"【写作借鉴:通过神态、语言描写,渲染了一种紧张气氛。】

说时迟那时快,光明把金色的斗篷罩在孩子们身上,然后拉着他们到了宫殿的一个角落。在那里,他们能把一切看得清清楚楚,自己却不会被发现。

躲在这个安全的地方,狄狄相当开心。他知道,即将出现的这个人物法力无边,没有人能够抗拒。他既是神,也是魔;他既能够赐予生命,也能够吞噬生命;他以迅雷不及掩耳之势穿过世界,你几乎来不及见到他;他不停地吞噬,吞噬,所到之处,灰飞烟灭。仅狄狄一家,被他吞没的

青鸟

就有爷爷、奶奶、几个弟弟妹妹和一只老画眉！他没有任何嗜好：不论欢乐与痛苦，还是冬天与夏天，一切都是他的囊中之物！

<u>正因为如此，狄狄才万分惊讶，未来之国的每个人竟然都这么心急火燎地想和他见面。</u>【名师点睛：在狄狄的心目中，时间非常冷酷无情，他不能理解未来之国的人们对时间殷切的期待之情。】

"可能他在这儿什么都不吞噬。"狄狄自言自语。铰链转动，大门缓慢打开。他来了！从地球传来的嘈杂声犹如遥远的音乐，大厅照进了一道红绿混合的光，时间出现在门槛处。<u>他是一个高瘦的老头，皱纹斑驳的脸已经毫无血色，犹如尘土，白色长髯一直垂到膝盖。他一手拿着一把硕大无比的镰刀，一手提着一个沙漏。</u>【写作借鉴：细节描写，渲染了一种恐怖的气氛，为后文这把镰刀展现出来的惊人威力做了铺垫。】他身后不远是洒满晨光的海面，停着一艘辉煌的金船，白帆飘扬。

"时辰到了，该走的准备好了吗？"时间问。青铜般肃穆庄重的话音刚落，无数婴儿银铃般的嗓音就你争我抢地答道："我们来了！……我们来了！……我们来了！……"

很快，老头就被婴儿们围了个水泄不通。时间把他们统统推了回去，严厉地说："一个一个来！……又来了一大堆不该走的人！……总是这样！……你们骗不了我！"

他一手舞动镰刀，一手把斗篷打开，挡住出口，不让一个鲁莽的婴儿溜过去。谁也骗不过这个可怕的老头那双敏锐的眼睛。

<u>"还没轮到你！"他冲一个婴儿生气地说，"你明天再来！……你也不行，回去，十年以后再来……想成为第十三个牧羊人？……有十二个就足够了，要不了那么多……什么？想做医生？……已经太多了，地球上的人都开始抱怨没有病人呢……工程师在哪儿？他们需要一个忠诚的工程师，一个就够了，最出色的！"</u>【名师点睛：语言描写，反映了时间老人做事公正严明的特点。】

此时此刻，一直站在后边的一个婴儿胆怯地走上前去，同时嘴里还

吮着大拇指。他的脸色煞白哀伤,走起路来东倒西歪。他看起来楚楚可怜,就连时间都动了恻隐之心。

"就是你!"时间喊道,"你看起来很不一般。"

然后,他失落地抬头望了望天,沮丧地说:"可是你活不长,在那个世界上!"

队伍继续往前。每个被拒的婴儿都沮丧地回来,接着做原来的事。一旦有谁通过了时间的审查,所有其他的婴儿都会羡慕地看着他。有时也会有意想不到的事发生,比如注定要除恶扬善的那位英雄就拒绝出生。他使劲拉着自己的伙伴,小伙伴们对时间喊着:"他不想去,先生!"

"不,我不想去,"小家伙奋不顾身地嚷着,"我不想出生!"

"他的选择是正确的!"狄狄心想。他很聪明,知道地球上是什么样的生活。人没犯错的时候,常常不明缘由地受罚,而真犯了错,惩罚却往往会落到某个毫不相干的人身上。【名师点睛:通过对狄狄心理活动的描写,反映出地球上善恶不辨、执法不公的现状,体现了狄狄是一个充满正义感的孩子。】

"如果是我,我也不愿去,"狄狄心想,"我宁可天天去找青鸟!"

这时候,为正义斗争的小英雄泣不成声地走了,时间先生把他吓得几乎魂飞魄散了。

宫殿里的骚动到了顶峰。婴儿在大厅里到处奔跑:要走的急不可耐地把自己的发明装进行李包,留下的忙着叮咛出发的同伴:

"记得给我写信!"

"他们说不可能的!"

"你试试吧,尝试一下!"

"把我的想法公之于众!"

"再见,让!再见,皮埃尔!"

"没落下什么东西吧?"

"别弄丢了你的想法!"

▶ 青鸟

"一定要告诉我们那儿好不好!"

"好了,好了!"时间用洪钟般的嗓门咆哮着,手里挥舞着一串沉重的大钥匙和那把可怕的镰刀,"行啦!起锚了!"

婴儿们爬上了扬着漂亮白丝帆的黄金船。他们向留下的小伙伴一一挥手作别,可是一看到远处的深蓝地球,他们都不约而同地叫了起来:

"地球!地球!……我看见了!……"【写作借鉴:语言描写,表现出婴儿们看到地球的喜悦与激动之情。】

"真明亮!……"

"真大!……"与此同时,极其遥远的地方传来一首充满快乐和期待的歌曲,仿佛来自深渊最深处。

光明笑容满面地唱着这首歌。她看见狄狄脸上惊奇的表情,就俯下身,对他说:"是来迎接他们的妈妈在唱。"

这时,时间已经把门关上了。他看见了咱们的朋友,怒火中烧,举着镰刀朝他们冲过来。

"快跑!"光明大声喊道,"带上青鸟,狄狄,你和美狄先走!"【名师点睛:笔锋一转,将故事推向下一段高潮。】

她从斗篷里取出一只鸟,小心翼翼地塞进狄狄的怀里,笑容可掬地用双手展开她绚丽多彩的薄纱,保护孩子们不受时间的攻击。

就这样,他们穿过了好几道由绿松石和蓝宝石组成的回廊。回廊幽雅宏伟,可是在未来之国里,时间是至上的主宰,他们害怕他的盛怒,不敢有丝毫怠慢。

美狄吓得不知所措,狄狄也六神无主,不停地回头看光明。

"不用害怕,"她说,"自创世以来,时间唯一尊重的就是我了,你们负责看好青鸟就行了。它太美了!绝对的青色!"

小男孩狂喜不已,他能感觉到这宝贵的鸟儿在他的胳膊里扑棱,他不敢用手去抚摸它柔软温暖的翅膀,他紧贴着鸟儿的心怦怦作响。【名师点睛:一直苦苦寻找的青鸟,此时就在自己的怀中,狄狄心里充满了兴奋与激动。]这次他终于得到了梦寐以求的青鸟!没有什么能伤害它,因为亲自把它交到自己手里的是光明!他可以意气风发地回家了!……

他完全沉浸在自己的幸福里,甚至忘了自己身在何处。快乐像雷霆一样滚动,令他头昏脑涨,自豪的情绪让他不可一世……可怜的孩子,他兴高采烈,竟失去了一贯的冷静与镇定!正当他们要跨过宫殿门槛的时候,一阵大风刮过门厅,撩起了光明的薄纱,一路追逐过来的时间还是看见了藏在后面的两个孩子。他一声怒吼,把镰刀掷向了狄狄。狄狄惊叫一声,光明挡住了这一击,他们飞奔冲出宫殿,大门砰的一声合上了。他们安然无恙!不过,狄狄刚才一时心慌意乱,松开了手臂,现在他只能泣不成声地望着未来之国的青鸟在他们头顶远走高飞,融入了青天。它那梦幻的、轻盈透明的青色翅膀,很快消失在狄狄的视野里……光明看到了这一切,知道孩子们已经尽力了,什么也没说。

Z 知识考点

1.选择题。

未来之国的孩子穿着(　　)的衣服。

　A.红色　　　　B.黄色　　　　C.青色

2.判断题。

未来之国是一个令人神往的理想世界,那里没有饥饿、寒冷、死亡、泪水……　　　　　　　　　　　　　　　　(　　)

3.问答题。

在未来之国里,狄狄他们找到青鸟了吗?结果怎样?

_____

_____

Y 阅读与思考

1.那位将要当英雄的婴儿为什么不愿降生?

2.时间老人为什么要和光明打斗?

青鸟

第六章 光的庙宇

> **M 名师导读**
>
> 光明带着兄妹俩来到了一条漆黑的长廊,在那里,他们看到了几道神奇的光:财富之光、诗人之光、学者之光和黑暗之光。光明带兄妹俩看这四道光的用意是什么呢?

狄狄在未来之国见到了许多奇妙的事情和无数的小伙伴,而且轻而易举就找到了青鸟——它竟然飞进了自己的怀里!他从来想都没想过,竟然有这么美、这么青、这么玲珑剔透的生灵。他仍然觉得它在自己的胸口怦怦作响,情不自禁地抱紧了双臂,仿佛青鸟还在那儿。令他失望的是,它已经像梦一样不复存在了!

当他和光明手挽手走向庙宇的时候,他还在怔怔地想着这令人遗憾的场景。等他们走进关动物和物品的地下室时,眼前的景象让他们不敢相信!这些吃喝无度的家伙都醉醺醺地躺在地板上,即使是狄洛也失去了一贯的廉耻之心,在桌子底下躺着,像海豚一样打着呼噜。【名师点睛:作者表面上是在描写动物和物品们贪吃堕落的情形,实际上是在批判现代人类深陷于物质生活、被物欲蒙蔽心灵的社会现实。】但他的本能并没有改变,听见门响,耳朵立刻竖了起来。他睁开一只眼睛,竟然连小主人也没认出来,因为他已经喝得天昏地暗了。他费了九牛二虎之力才站起来,转了几个圈儿,又心满意足地哼了一声,瘫在地板上。

面包和其他几位也没什么两样,只有猫悠闲自得地坐在大理石和黄金做的凳子上,神情自若。她敏捷地跃到地上,微笑着朝狄狄走来。

"我一直盼着再见到你,"她说,"和这些庸俗的家伙在一起,我一点也不开心。他们先是喝光了葡萄酒,接着就开始叫啊,唱啊,跳啊,甚至还打架斗殴,吵得我都快聋了。最后,他们都醉倒了,我才清静了一会儿。"【名师点睛:从猫的语言中可以看出她虚伪的本质。】

　　孩子们对她的表现大加赞赏。事实上,这算不上什么优点,因为她只能喝牛奶,喝别的东西她的肠胃受不了。然而生活就是这样,我们该得奖赏时,常常得不到;不配得奖赏时,却经常得到。

　　狄莱特亲热地吻了孩子们,然后恳求光明说:"我受了这么长时间的罪,请允许我出去一会儿,独处对我有益无害。"

　　光明丝毫没有怀疑她,同意了,猫马上披上斗篷,整理好帽子,套上柔软的灰靴子,打开门,冲向森林深处。猫这么兴高采烈是去哪儿?她背地里策划的是什么样的可怕阴谋?咱们拭目以待。

　　和往常一样,孩子们和光明在一个嵌满钻石的大厅里用餐。和蔼可亲的仆人们来来往往,给他们送上可口的菜肴和糕点。

　　饭毕,咱们的小朋友开始打瞌睡了。经历了这么多风风雨雨,他们早早便有了睡意。体贴善良的光明考虑到他们的健康,并不打算改变他们在地球上的生活习惯。她在庙宇一处黑暗的角落给他们搭了两张小床,好让他们有身处黑夜的感觉。

　　穿过许多房间,他们才到了卧室。他们一路上见到了所有人类已经知道的光,以及许多人类不知道的光。

　　他们看到许多高级大理石筑成的房间,里面的光线明亮得让孩子们睁不开眼。

　　"那光是富人的,"光明对狄狄说,"非常危险。光线异常强烈,任何柔和的颜色都没有立足之地,人在里面生活久了,很可能会失明的。"

　　她督促他们往前走,去看穷人的光。穷人的光很柔和,可以让他们的眼睛得到休息。孩子们觉得好像回到了自己家里,周围的一切都这么朴实、静谧。那微弱的光纯洁、明亮,可是若隐若现,仿佛随时都会熄灭。

▶ 青鸟

他们接着见到了诗人的光。这种光很美，如彩虹一样绚丽，他们非常喜欢。从这种光里穿过，你会看见美丽的图片、妩媚的花朵和可爱的玩具，然而你却抓不住它们。孩子们嬉戏着，追逐着鸟儿和蝴蝶，但是一碰到它们，它们就消失得无影无踪。【名师点睛：写出了诗人的光虽然绚丽却不可捉摸的特点。】

"我从来没见过这么美的景象……"狄狄跑回光明的身边，喘着气说，"太奇妙了！我不明白怎么回事！"

"以后你会明白的，"她神秘地答道，"一旦你明白了，你就成了极少数能够识别青鸟的人当中的一个！"

作别诗人的区域，咱们的朋友们又见到了学者的光，它处于已知之光和未知之光的中间地带。

"咱们往前走吧，"狄狄说，"这并没有什么有趣的地方。"【写作借鉴：语言描写，表现出狄狄此时心中有些恐惧，想尽快离开这里。】

实际上，他有些害怕，因为他们正通过一连串寒冷森严的拱门，每隔几秒钟，闪电都会把它们照亮。在那瞬间的光亮中，你偶尔会看到遥远的、连名字都不知道的事物。

穿过这些拱门，他们又见到了人类的未知之光。狄狄虽然困得睁不开眼，却仍然被紫色的廊柱和闪着红光的回廊深深震撼了。这里的紫色之深，红色之浅，肉眼几乎都察觉不到了。

最后，他们到了黑光的区域。黑光混沌一片，它被人们称为"黑暗之光"，因为孩子们的眼睛无法分辨这样的光。他们在两张云床上很快睡熟了。

Z 知识考点

1. 选择题。

（1）孩子们和光明在一个嵌满（　　）的大厅里用餐。

A.翡翠　　　　B.钻石　　　　C.大理石

（2）(　　)很美,如彩虹一样绚丽,孩子们非常喜欢。

　A.财富之光　　　　B.未来之光　　　　C.诗人之光

2.判断题。

（1）富人的光很柔和,可以让孩子们的眼睛得到休息。　(　　)

（2）学者的光处于已知之光和未知之光的中间地带。　(　　)

3.问答题。

为什么在富人之光里面生活久了,很可能会失明?

_____

_____

阅读与思考

1.当光明和狄狄走进地下室时,看到了什么样的景象?

2.孩子们为什么对猫的表现大加赞赏?

▶ 青鸟

第七章 墓 地

M 名师导读

> 大家在光的庙宇里正玩得兴高采烈时,光明告诉兄妹俩墓地里有人养着青鸟,让他们去那里寻找。并且告诉他们只要在半夜转动帽子上的钻石,就能看到死去的人,然后从中可以找到喂养青鸟的那个死者。狄狄和美狄真的有勇气去墓地那种恐怖的地方吗?

不用出去找青鸟的时候,孩子们就在光的庙宇附近玩耍。这样快乐的时光对他们而言是珍贵的礼物,因为光的庙宇是一个十分有趣的地方,周围的花园和田野与那些用金银铸成的厅堂和回廊一样美丽。

有些植物的叶子硕大无比,他们都可以躺在上面休息,当清风吹动叶子的时候,感觉像躺在吊床上一样有趣。这里只有夏季,黑夜从不降临,时间是根据它们的颜色进行区分的,有粉色、白色、蓝色、紫色、绿色和黄色的时辰。花朵、水果、飞鸟、蝴蝶和香气随着时辰颜色的变幻而改变,不停地给狄狄和美狄带来惊喜。他们的玩具数不胜数,玩累了,他们就躺在蜥蜴的背上,就长度和宽度而言,这些蜥蜴就像小船一样,它们飞驰在花园的小径上、沙滩上,就连那些沙也像糖一样白,一样甜。渴了,水对着巨大的花朵杯子甩一甩头发,孩子们就可以直接饮用百合、郁金香和牵牛花的花朵里的水了。饿了,他们就摘一些闪闪发亮的水果吃,这些果子不仅有光的味道,而且美味多汁,似阳光一样耀眼。【名师点睛:作者用诗一般的语言和奇特的想象力,向读者描绘了一个美丽而神奇的世界,令人心驰神往。】

在灌木丛中,还有一处由白色大理石凿的池塘。这个池塘很奇特,因为它那清澈的水映出的并不是面容,而是驻足者的灵魂。

"这个发明太可笑了。"猫说,她从来不肯走近池塘。【名师点睛:猫怕池塘映出她真实的灵魂,她想掩饰自己的心虚,故意说这样的话。】

亲爱的小读者,你们是不是和我一样,知道她心怀鬼胎,自然觉得她的反应是理所当然的。你们肯定也明白,为什么忠诚的狄洛到这个池塘里喝水从不担心:他无须隐瞒自己的思想,因为在所有的动物里,只有他的灵魂永不改变。亲爱的狄洛心里只装着爱、同情和奉献。

狄狄站在这面魔镜前面的时候,几乎总能看见一只美丽的青鸟,因为他的全部心灵都被找到青鸟的愿望占据了。每当这时,他都会跑到光明的身边,哀求她:

"告诉我它的藏身之地!……你无所不知,告诉我哪儿能找到它!"

可是她总是严词拒绝,她神秘地说:

"什么都告诉你是不行的。你必须靠自己的力量去找。"

她亲亲他,又说:"别灰心,每经受一次考验,你就离它更近一步。"

突然有一天,光明对狄狄说:

"仙女贝里吕娜传话给我,说青鸟可能藏在墓地里面……据说是被墓地的一个死者藏在坟里了……"

"那咱们该如何是好?"狄狄焦急地问。

"很简单,你在半夜转动帽子上的钻石,死者就会从墓地里出来。"

听到这番言辞,牛奶、水、面包和糖都大惊失色,牙齿打战。【名师点睛:"大惊失色""牙齿打战"体现了牛奶、水、面包和糖对墓地的恐惧,反衬出狄狄和美狄的勇敢。】

"不用在意他们,"光明悄悄地对狄狄说,"他们害怕死人。"

"我不怕他们,"火跃跃欲试地说,"以前,我经常焚烧死人。"

"我觉得我快崩溃了。"牛奶说。

"我不怕,"狗战战兢兢地说,"不过如果你不去,我也不去……而且

青鸟

会非常乐意……"

猫呆坐在那儿,扯着胡须。

"我知道是怎么回事。"她说,和平时一样故弄玄虚。

"都不要说话,"光明高声说,"仙女的命令不容置疑。你们和我都守在墓地门口,只有狄狄和美狄两个人去。"

<u>狄狄很不乐意。他问:"难道你不跟我们一起去吗?"</u>【名师点睛:狄狄希望光明能陪同他前往墓地,对一个孩子来说,墓地的确是一个让人感到害怕的地方。】

"不,"光明说,"还没到时候。光进入死者的住所是不被允许的。再说,没什么可怕的。我就在附近,爱我也为我所爱的人都能再次找到我……"

<u>她话音未落,孩子们周围的一切就发生了翻天覆地的变化。辉煌的庙宇、绚丽的花朵、美妙的花园顿时全都消失得无影无踪,眼前呈现出一片荒凉的乡村墓地的景象,笼罩在黯淡的月光下。孩子们旁边到处都是坟墓、荒草堆、木制十字架和墓碑。</u>狄狄和美狄吓得心惊肉跳,紧紧抱在一起。【写作借鉴:环境描写,营造出一种荒凉、令人恐惧的氛围,让读者不禁为兄妹俩即将面临的遭遇感到紧张和担忧。】

"我怕!"美狄胆怯地说。

"我……从来……不怕。"狄狄吃力而结巴地说。他自己也吓得浑身哆嗦,却不愿承认。

"你说,"美狄好奇地问,"死人凶吗?"

"不凶,"狄狄安慰她说,"因为他们已经死了!"

"死人你见过吗?"

"在我很小的时候见过,就一次……"

"是什么样的?"

"浑身上下都是白色,摸起来冷冰冰的,没什么表情,也不说话……"

"咱们等会儿会看见他们吗?"

这个问题让狄狄有些毛骨悚(sǒng)然[毛发竖起,脊梁骨发冷。形容人碰到阴森或凄惨景象时的恐惧感觉],他尽量用平和的语气答道:"当然,光明已经说了!"

"死人在哪儿?"美狄好奇地问。

狄狄惊恐地环顾四周,因为只有他们两个人站在墓地里,所以他动都没敢动一下呢。【名师点睛:从"动都没敢动一下"中可以看出狄狄来到墓地后很害怕,但是为了找到青鸟毅然决定前行的勇气。】

"这儿,"他说,"草堆下面,或者是大石头下面。"

"这是他们的家门口吗?"美狄怯生生地指着墓碑问。

"是的。"

"他们会在天气好的时候出来吗?"

"他们在晚上才能出来。"

"为什么?"

"因为他们穿着睡衣。"

"他们下雨的时候也出来吗?"

"他们下雨的时候待在家里。"

"他们在家里待着舒适吗?"

"据说里面很窄。"

"里面有小孩在吗?"

"当然,只要是死人,肯定都在里面。"

"他们吃什么啊?"

狄狄没有马上回答。作为美狄的哥哥,他觉得自己应该无所不知,可是她的问题却让他无从作答。他稍做思考,认为死人既然住在地下,肯定无法吃到地面上的东西,于是很确定地说:

"他们吃草根!"

美狄对这个答案欣喜万分,她又回到自己最关心的大问题。"咱们会看见他们吗?"她再一次问。

▶ 青鸟

"当然，"狄狄说，"只要我转动帽子上的钻石，就什么都能看见。"

"他们会说什么？"

狄狄有些心烦意乱了：

"他们什么也不会说，因为他们不说话。"

"他们为什么不说话？"美狄惊奇地问。

"因为他们无话可说。"狄狄越来越懊恼，不知怎么回答才好。

"他们为什么无话可说？"

<u>狄狄忍无可忍。他耸了耸肩，推了美狄一下，不耐烦地嚷道：</u>

"你真讨厌！"【名师点睛：狄狄凶妹妹的原因：一是他回答不上来美狄没完没了的问题；二是他恐惧、慌乱的心一直没能平静下来。】

美狄既难过又困惑。她不明白哥哥为什么对她这么凶，她打算不再理他了！可是，一阵风吹过，树叶沙沙地响，恐惧和孤单再次袭上孩子们的心头。他们紧紧地抱在一起，又说起话来，以打破这可怕的寂静。【名师点睛：因为在墓地里即使再小的声音也显得非常恐怖，这对兄妹俩来说是一种巨大的考验。】

"你什么时候转动钻石？"美狄问。

"你明知故问，光明说要等到半夜，这样就不会太打扰他们。因为那是他们出来透气的时候。"

"半夜还没到吗？"

狄狄转身扫了一眼教堂的钟，这一下连说话的力气都没有了，因为时针正指向十二，已经半夜了。

"听，"狄狄颤抖地说，"就要敲啦……你听到了吗？"钟声果然响了。美狄吓得魂都快丢了，她一边跺脚，一边发出歇斯底里的叫喊：

"我想离开这里！……我想离开这里！……"

狄狄虽然也吓得一动也不敢动，却还是说：

"你不能走！我要转动钻石了。"

"别，别，别！"美狄吓得哭了起来，"我好怕，哥哥！别转！我不想在这儿待了!"

狄狄伸手想去碰钻石,却动弹不得。美狄紧紧地拽着他,全身的重量都集中到他的胳膊上,她高声喊道:"我不想见到死人!他们很可怕的!我受不了!我怕死了!"【写作借鉴:动作描写和语言描写,反映了美狄内心的恐惧感,使人物形象更逼真。】可怜的狄狄和美狄一样害怕,不过每次考验都让他的意志和勇气得到增长,他渐渐学会了控制自己的情绪,没有任何东西能阻挡他完成使命。钟已经敲到第十一下了。

"时间到了,"他喊道,"不能耽搁了!"

他果断地甩开美狄的手臂,勇敢地转动了钻石。

继而是一阵可怕的沉默。可怜的孩子们看见十字架摇晃着,大地裂开了缝隙,墓盖开始上升……

美狄把头埋在狄狄的胸前。

"他们出来了!"她高声喊道,"他们在那儿!他们在那儿!"

这样的痛苦,勇敢的狄狄也难以承受。他双眼紧闭,倚在旁边的一棵树上,勉强没有晕倒。【名师点睛:其实狄狄的心中也充满恐惧,但强烈的使命感迫使他勇敢面对一切。】他就这样等着,一动不动,屏气凝神。大约过了一分钟,好像等了一个世纪那样漫长。真奇怪,他听到了鸟叫声!一丝清新的风拂过他的脸,手和脖子都感觉到夏日太阳般的温暖。他惊魂未定,几乎不敢相信这个奇迹。他缓缓睁开眼睛,欢乐和惊奇的情绪立刻让他情不自禁地大叫起来。

原来裂开的坟墓里,升起了无数绚丽的花。它们四处扩散,在小径上,在树上,在草地上……一直蔓延到天边:满眼都是盛开的玫瑰花,花心呈现出美妙的金黄色,里面射出来温暖、明亮的光线,将狄狄围绕在浓浓的夏意里。玫瑰周围,鸟儿在惬意地鸣叫,蜜蜂也在嗡嗡地欢快飞舞。

"这怎么可能!我不敢相信!"狄狄惊讶地说,"那些坟墓和十字架呢?"【名师点睛:原来墓地并非人们想象中的恐怖,而是像一座生机勃勃的花园,所以狄狄很惊讶。】

▶ 青 鸟

　　两个孩子疑惑不解,手牵着手走在"墓地"里,然而墓地早已不知去向,周围只有一片芬芳美丽的花园。在经历了一场虚惊之后,他们的心情出奇地快乐轻松。他们本以为狰狞的骷髅和骨架会突然从地下爬出来,追逐他们,他们幻想了各种恐怖的场景。可是现在,他们却得知了真相,明白了死亡并不存在,生命永不消失,只是变成了新的形式罢了。玫瑰凋谢了但它会撒下花粉,孕育新的玫瑰。同时,飘零的花瓣也会把香气留在空气中。花从树上落了,又会结出果实来。丑陋的毛毛虫也会变成炫目的蝴蝶。世界上什么也不会毁灭,所以死亡是不存在的,存在的只有变化……

　　漂亮的鸟儿在狄狄和美狄周围翻腾欢叫。它们中间没有青鸟,可是两个孩子却为新的发现所陶醉,并感到心满意足。他们喜不自胜,又惊又喜地喊着:"死并不存在!死并不存在!"【写作借鉴:阐明道理,总结全文。】

Z 知识考点

1.填空题。

(1)光明让狄狄在_____转动钻石。

(2)孩子们旁边到处都是坟墓、_____、木制十字架和墓碑。

2.判断题。

(1)"这个发明太可笑了。"狗说,他从来不肯走近池塘。　　(　　)

(2)原来裂开的坟墓里,升起了无数绚丽的花。　　(　　)

3.问答题。

庙宇边的池塘有什么奇特之处?

_____

_____

第八章 森 林

M 名师导读

狄莱特撒谎称自己找到了青鸟,于是瞒着光明带着兄妹俩来到了森林里。狄狄看到青鸟站在老橡树的肩头,他上前索要青鸟,老橡树不仅不答应他,还让大家一起加害他。树们为什么要伤害狄狄呢?

光明轻轻地吻了一下躺在床上的孩子们,就匆匆离开了,害怕自己身上美丽的光线影响他们的睡眠。

约莫半夜时分,狄狄正在梦里和那些青色婴儿玩的时候,无意间感觉有一只柔软的爪子在脸上抚摸起来。他吃了一惊,坐起来,心里有些恐慌。当他看见狄莱特在黑暗中闪烁的眼睛时,立刻就安心了。【写作借鉴:从"恐慌"到"安心",体现出狄狄对猫非常信任,为下文做铺垫。】

"安静!"猫在他耳边说,"别出声!别吵醒其他人。如果咱们能神不知鬼不觉地溜出去,今晚就能捉到青鸟。我最亲爱的小主人,我可是冒着死的危险制订了这个计划,咱们一定能成功!"

"但是,"小男孩吻着狄莱特说,"光明会很乐意帮咱们的……再说,不听她的命令,我会良心不安……"

"要是你告诉她,"猫断然地说,"一切就完蛋了。相信我的话吧!照我说的去做,一定成功。"

她边说边赶紧给狄狄穿衣服,听到说话声的美狄也要和他们一起去。

"你什么也不懂,"狄狄心烦意乱地说,"你太小了,你不知道咱们要

▶ 青鸟

做的不是一件什么好事……"

然而狡诈的猫辩解说,她到现在连青鸟的影子都没见着,全是光明的错。因为光明所到之处,总是亮的,而孩子们只有在黑暗中去找寻,才能找到给人们带来幸福的青鸟。【名师点睛:狄莱特为了自己的私心而诱导、欺骗狄狄,她这种卑鄙的行为令人厌恶。】这个奸诈之徒口若悬河,没过多久,狄狄竟相信违反命令是天经地义的。狄莱特的一字一句都给了他一个好借口,让他觉得自己的所作所为是高尚之举。他的意志太薄弱,经不起猫的怂恿。他被说服了,于是穿好衣服和猫一起走出了光的庙宇。可怜的小家伙,要是他能预见到前面可怕的圈套就好了!

三位同伴沐浴着无瑕的月光,穿过原野往前走。猫似乎异常激动,一路上喋喋不休,走得也飞快,孩子们几乎跟不上她。

"咱们这次一定能捉住青鸟,"她坚定地说,"我敢肯定!最古老的森林里的那些树告诉我,他们都认识青鸟,青鸟就藏在他们中间。为了让大家来帮助咱们,我还派兔子去召集这一带的主要动物来开会了呢。"

一个小时以后,他们到了幽暗森林的尽头。在路拐弯的地方,他们看见一个黑影朝他们这边匆匆赶来。狄莱特弯起腰,她本能地觉察到那是她的宿敌。她怒不可遏,浑身哆嗦:难道他又要打乱自己的计划不成?难道他猜到了她的秘密,在这最后关头赶来救孩子们的性命吗?

她凑近狄狄,用最蛊惑人的音调低声说:

"是咱们最值得信赖的朋友狗来了。我实在不愿这么说,但非常抱歉,可是他跟着,真的会坏咱们的事儿。他跟谁的关系都很糟糕,甚至那些树都不喜欢他,你叫他回去吧!"

"滚开,可恶的家伙!"狄狄挥舞着拳头对狗说。忠诚的狄洛之所以到这里来,是因为他怀疑猫居心不良,主人这么对他,真让他伤心。他差点儿哭出来,本来他就累得上气不接下气,现在更不知道如何是好。【名师点睛:狄狄在猫的蛊惑下,对狗恶语相加,而忠诚于他的狗只能默默难过。】

"我叫你滚开!……"狄狄又高声嚷道,"我们现在不需要你,就是这么简单……你会坏我们的事儿！……"

狗向来忠诚，如果是平时，他早就十分听话地走开了，但是他爱主人，知道这件事意义重大，所以他站在原地一动不动。

"他这么不懂规矩，你能忍受吗？"猫低声怂恿狄狄说，"拿棍子揍他几下。"

狄狄照猫说的打了狗几下。

"这下你总该服从主人的命令了！"他说。可怜的狗挨了打，疯狂地吼叫起来，可是他的自我奉献精神是无限的。他执着地走到小主人身边，搂住他，大声说：

"谢谢你打了我，我要亲亲你！"【写作借鉴：虽说小主人对他很粗暴，但狄洛一点儿也不记恨，依旧像往常一样表现出亲昵的样子，可见他对主人的忠诚。】

好心肠的狄狄不知如何是好，猫像野兽一样怒不可遏地咒骂起来。幸运的是，亲爱的美狄替狗说好话了。

"不要打他，哥哥。我希望他留下。"她哀求道，"他不在身边，我总是很担心。"

时间不多，他们必须马上做决定。

"我会想出别的办法把这个白痴除掉！"猫暗自思忖道。她转过身，装出一副心胸开阔的样子，温和地对狗说："你能和我们一起去，真是让我们如虎添翼呢！"【名师点睛：猫表面上欢迎狗同去，其实心中对他是恨之入骨，突显出猫的虚伪、阴险。】

进了大森林，两个孩子偎依在一起，猫和狗分立两旁，寂静和黑暗让他们倍感压抑。这时，猫喊了一声：

"我们到了！快转动钻石！"

大家都如释重负。光明从他们身边向四周扩散，眼前呈现出来一幅美妙的风景。他们置身于森林深处的一块圆形空地上，周围全是参天大树，那些贯穿在林间的横七竖八的道路形成了一个白色的星形，一切都

▶ 青鸟

显得静谧和谐。突然间树叶怪异地颤动起来,树枝像人的手臂一样伸缩摇晃,树根从泥土下拱起、合拢,变成了腿和脚的形状立在地上。巨大的破碎声在空中回荡,大树的树干猛然散开,每一棵树的灵魂都从里面走了出来,犹如一个个外形古怪的人。

他们有些很迟缓地前进,有些却迫不及待地跃了出来。他们都好奇地围在咱们的朋友身边。

饶舌的杨树像喜鹊一样喋喋不休地说了起来:

"是小孩!咱们可以和他们说话!再也不用沉默了!他们从哪儿来?……他们是谁?"

他不停地唠叨。

叼着烟管的椴树,平静地走了过来,他是一个开心的胖子;栗树像一个骄傲自大的纨绔子弟,他用单片眼镜对准孩子们看了又看。他穿着一件上面绣着粉色和白色花儿的绿绸衫。他认为这两个孩子衣着太寒酸,不屑地把头扭向一边。

"自从他住进城里,他就以为自己高人一等!他瞧不起咱们!"一向嫉妒他的杨树冷笑着说。

"我的老天爷啊!"柳树带着哭腔说。他是一个身材矮小且体弱多病的家伙,跋着一双硕大无比的木鞋。"他们又来砍我的头、砍我的胳膊当柴烧了!"

狄狄瞠(chēng)目结舌 [瞪着眼睛说不出话来,形容惊呆或窘迫的样子],他喋喋不休地问猫:

"这是谁?……那是谁?……"

狄莱特向他一一介绍了每一棵树的灵魂。

榆树是一个身体偏胖的侏儒,行动迟缓,脾气乖戾;山毛榉轻盈优雅;桦树穿着白色的宽大长袍,眼神里透着恐惧,就像夜宫里的幽灵;最高的是枞树,他的身子细长,狄狄几乎看不见他那张脸,他的表情和蔼而忧郁;但在他旁边站着的柏树,穿着一身黑衣,让狄狄惴惴不安。【写作

借鉴:一系列拟人化的描写,将各种树木的特点刻画得入木三分。】

不过,到目前为止什么可怕的事情都没发生。终于能够讲话了,这些树都很高兴,全都忙着聊天。咱们的小朋友正准备问他们青鸟藏在什么地方时,他们却突然肃静下来。所有的树都默不作声,纷纷鞠躬施礼,给一棵极老的树让道。这棵树穿着绣有苔藓和地衣的绿色长袍,一手拄着拐杖,一手扶着一棵给他领路的小橡树,因为他是个盲人。他的白色长髯在夜风中呼呼作响。

"国王来了!"看见他头上戴着槲寄生枝做的王冠,狄狄心想,"他一定知道森林的秘密,我要向他打听一下青鸟究竟在哪里。"

他正打算过去,突然愣了一下,马上又欣喜若狂:青鸟就在他前面,就停在老橡树的肩头!

"青鸟在他这儿!"狄狄兴高采烈地喊道,"快!快!请把它给我吧!"【名师点睛:狄狄的话表明他看到青鸟时的激动心情。】

"安静!不要喧哗!"惊愕的树们嚷道。

"脱帽致敬,狄狄,"猫急忙说,"这是橡树!"

可怜的孩子面带微笑,立刻听从了,丝毫不知道有什么危险正等着他。橡树问他是不是樵夫狄尔的儿子,他毫不犹豫地答道:"是的,先生。"

听到狄狄的回答,橡树气得浑身发抖,开始控诉起他父亲狄尔犯过的一大堆罪来。

"仅我这一个家族,"橡树气愤地说,"他就杀害了我的六百个儿子、四百七十五个叔伯姑婶、一千二百个堂表兄弟姐妹、三百八十个媳妇、一万二千个曾孙和曾外孙!"【名师点睛:作者通过橡树列举的一系列数字,对人类滥伐树木的行为进行了强烈的控诉。】

盛怒之下,橡树所说的数字毫无疑问有点夸张,可是狄狄认真地听着,不做辩解。最后,他礼貌地说:

"先生,打搅了您,我们很抱歉……猫说您会告诉我们青鸟的藏身之处。"

▶ 青鸟

橡树活了这么大把年纪,当然深知人和动物的本性。他长髯后面的脸上浮过一丝狡诈的表情。他已猜到这是猫布下的圈套,因此心花怒放,因为他早就想为森林里所有饱受人类折磨的生物复仇了。

"我们找青鸟都是为了仙女贝里吕娜的小女儿,她病得厉害。"小男孩焦急地说。

"够啦!"橡树不希望他继续说下去,"动物们的声音我听不见。他们在哪儿?这不仅仅是我们的事,也是他们的事。不应该让咱们这些树独自承担责任,做如此重要的决定。"

"他们来了!"枞树越过群树的顶端向远处张望,说,"兔子领头,马、公牛、母牛、狼、绵羊、猪、公鸡、山羊、驴、熊的灵魂都来了。"

所有的动物齐聚一堂了。他们都用后腿走路,穿着人类的服装。他们神情严肃地陆续坐下,在树的中间围成了一圈。只有不知天高地厚的山羊在路上悠闲自得,还有猪正在新出土的树根间搜寻可口的松露。"大家都到了吗?"橡树问。【名师点睛:橡树俨然像个领导者,从侧面表现他的地位。】

"母鸡离不开她的蛋,"兔子说,"野兔出门了,公鹿角疼,狐狸病了——这有医生的证明,鹅好说歹说也听不懂我的话,火鸡正在气头上。"

"瞧!"狄狄对美狄说,"他们真可笑至极!就像圣诞节摆在橱窗里、等着富家子弟买的玩具!"

兔子的模样尤其让他们忍俊不禁,他的大耳朵上顶着一顶三角帽,身上穿的蓝外套绣着花,胸前还挂着一面鼓。

这时,橡树开始向自己的树兄弟和动物朋友们说明事情的缘由。狄莱特的阴谋诡计没有落空,他们对人类的仇恨的确可以利用。

"眼前的这个孩子,"橡树愤慨地说,"凭借从大地那里偷来的一件法宝,极有可能把咱们的青鸟抢走,从而攫取咱们自创世以来一直保守的秘密。人类的本性咱们太了解了,不容置疑,人类一旦掌握了这个秘密,咱们必将遭受一场灭顶之灾。因此,我认为,任何犹豫都是愚蠢的,甚至是犯罪。在这千钧一发的时刻,咱们必须除掉这个小孩,否则就来不及了。"

"他什么意思?"狄狄不解地问,他没有搞清楚老橡树的意思。

狗在橡树周围逡(qūn)巡[有所顾虑而徘徊或不敢前进],露出他锋利的牙齿。

"看见我的牙齿了吗?老瘸子。"【名师点睛:狄洛的表现照应了前文中他的担忧,同时也为故事营造了一种紧张的气氛。】

"他竟敢不尊重橡树!"山毛榉怒不可遏。

"把他撵走!"橡树气急败坏地说,"他是叛徒!"

"我不是跟你说过了吗?"猫对狄狄耳语道,"我能处理这事儿。但是你得赶紧把狗撵走。"

"你走开!"狄狄对狗说。

"让我把他的苔藓拖鞋撕破!"狄洛哀求道。

狄狄没拦住他。狄洛已经清楚地料想到所面临的危机,他怒火中烧,如果不是因为猫把一旁的常春藤叫过来帮忙,他早就已经帮主人脱离险境了。狗像疯子一样东奔西跑,咒骂每一个敌人。他冲常春藤愤怒地喊道:

"有胆量你就过来,你这个混蛋!"

旁观者都骚动起来。因为自己的权威受到蔑视,橡树气得脸色煞白,其他树和动物也都愤愤不平。可是,他们都是胆小鬼,一个敢站出来抗议的也没有。如果没人阻拦,狄洛一定能把他们打得落花流水,但是狄狄无情地拒绝了他。狄洛只好顺从驯服的本能,趴在主人脚边了。

从这以后,孩子们的处境就危机重重了。常春藤塞住了狗的嘴,把他捆绑在栗树粗大的树根上。

"好了,"橡树用雷霆般的声音说,"咱们现在可以安静地讨论了,这是咱们第一次审判人类!他们的罪行让咱们遭受了那么多痛苦,我认为,对于这次判决,咱们不应该有任何怜悯之心!"

所有的喉咙里不约而同地发出同一个声音:

▶ 青鸟

"死刑！死刑！死刑！"【名师点睛：连用三个"死刑"，强调了树木和动物对人类的仇视心理。】

开始，可怜的孩子们并不知道自己面临的厄运，因为树和动物习惯于用自己的语言说话，口齿含糊不清，再说，幼稚的孩子们做梦也想不到他们竟然这样残酷！

"他们怎么了？"狄狄问，"他们不高兴吗？"

"别担心，"猫狡猾地说，"他们有点儿恼火，因为春天来晚了。"

她继续在狄狄耳边低声细语，以转移他的注意力。

狄狄对她的花言巧语没有丝毫察觉，树和动物们却已经在讨论什么样的死刑既方便，风险又最小了。公牛提议用角顶，山毛榉说用自己最高的树枝把孩子们吊死也未尝不可，常春藤已经开始准备绞索了！枞树答应捐四块木板做棺材，柏树打算提供永久墓地。

"最简单的办法，"柳树呜咽着说，"是在我旁边的一条河里把他们淹死。"

猪从牙齿缝里不紧不慢地挤出一句话：

"我认为首先是把小女孩吃了，她的肉一定很鲜美。"

"肃静！"橡树咆哮道，"咱们现在将决定的是，谁应得到最先动手的荣誉。"

"这荣誉理所当然属于您，您是我们的国王！"枞树说。

"唉！我老得不行了！"橡树回答说，"我眼睛瞎了，还是个残废。【名师点睛：橡树以自己苍老体弱为由，推脱第一个动手杀害狄狄他们。表现了橡树的色厉内荏。】我的兄弟，你永远郁郁葱葱，既然我不能胜任，你就应当承担这项拯救大家的光荣使命。"

然而枞树婉言谢绝了，说埋葬这两个牺牲品的荣誉他已经获得了，要是再承担这项光荣使命，恐怕会让别人妒忌的。他推荐山毛榉，说他的大棒威力无穷。

"绝对不行，"山毛榉推脱说，"我被虫咬得伤痕累累，还是找榆树和柏树吧。"

榆树一听立刻喋喋不休,昨天晚上,他的大脚趾被一只鼹鼠咬伤了,他甚至连直立都有问题;柏树和杨树也都推辞了,杨树说自己烧得厉害,浑身哆嗦。橡树见他们互相推诿,不由得怒不可遏。【名师点睛:把众树胆小怕事的本质展现了出来,为后文狄狄和美狄逃脱险境埋下伏笔。】

"你们叫人类吓破胆了!"橡树吼道,"两个孤立无援、手无寸铁的小孩都让你们怕成这样!既然事已至此,而且机不可失,只好由我这个又瞎又瘸、东倒西歪的老东西来解决咱们的宿敌了!他们在哪儿?"

他拿着棍子,摸索着走向狄狄,边走边骂。

这情景把咱们的狄狄吓坏了。猫突然离他而去,说是去平息事态,然后就不知去向了。美狄蜷缩在他身边,直打哆嗦。在这群陌生人中间,狄狄觉得孤立无援,他已经意识到他们的愤怒。当他看见橡树凶神恶煞地朝他走来时,他从衣兜里拿出了刀,勇敢地迎上去。

"你这个老家伙拿着棍子,是冲着我来的吗?"他吼道。

然而,一看见刀——树类无法抵挡的武器,所有的树都提心吊胆,冲到橡树身边,要把他拉回去。一番挣扎之后,年过半百的橡树扔下了棍子。【名师点睛:迫于刀的威力,老橡树的复仇行动失败了,他心中充满了不甘和无奈。】

"咱们的脸丢尽了!"他吼道,"丢尽了!还是让那些动物来拯救咱们吧!"

动物们等的就是这句话!他们都迫不及待地想要复仇。幸运的是,大家你争我抢,反而把他们的屠杀行动延误了。

美狄发出歇斯底里的尖叫。

"别怕,"狄狄一边不遗余力地保护她,一边说,"我有刀。"

"这小家伙宁死不屈啊!"公鸡说。

"我就先把她吃了。"猪贪婪地盯着美狄。

"我怎么得罪你们了?"狄狄问。

▶ 青 鸟

"还说没得罪,小家伙,"绵羊痛心地说,"你们吃了我的一个弟弟、两个妹妹、三个叔叔,加上我的婶婶、爷爷、奶奶。走着瞧,等你倒在地上,你会看见我也有牙齿……"

绵羊、驴和马都胆小如鼠,他们都期待着狄狄倒地再分享胜利的果实。正当他们说话的当儿,阴险的狼和熊绕到狄狄背后,乘其不备把他推倒了,可怕的时刻还是到来了。看见他倒在地上,所有的动物都蠢蠢欲动。【名师点睛:生动地描写了动物们攻击狄狄时的不同表现,从侧面说明人类对动物的伤害之深,动物们才会如此复仇心切,想置狄狄于死地。】

狄狄挣扎着起来,一条腿跪在地上,挥舞着刀。美狄无助地尖叫起来,更可怕的是,周围突然一片黑暗。狄狄疯狂地呼救:

"救我!救我!……狄洛!狄洛!……救我!……狄莱特在哪儿?……快来!快来!……"

猫的声音若有若无,她狡猾地躲在大家都看不到的地方。

"我过不去!"她哭叫着,"我受伤了!"

勇敢的小狄狄一直在奋力抵抗,然而他孤立无助,觉得自己马上就要命丧黄泉了,再次用发抖的声音喊道:

"救我!……狄洛!……我坚持不住了!……他们人太多了!……熊!猪!狼!驴!山毛榉!……狄洛!狄洛!狄洛!……"

这时,拖着挣断的绳子的狄洛,推开那些树和动物,冲到了主人面前,用自己的身体保护他。

"我在这儿,小主人!别怕!看我怎么对付他们!我咬起来可凶啦!"【名师点睛:关键时刻,狄洛丝毫不计前嫌,突出狗对主人的忠诚。】

所有的树和动物都咆哮起来:"败类!……蠢货!……叛徒!……罪犯!……混蛋!……丢下那个小孩!……他必死无疑!……到我们这边来!"

"不!不!……我要和你们对抗到底!……不!不!……人是主宰,人是最优秀的,人是最强大的,我永远顺从于他们!……小心,我的

<u>小主人，熊过来了！……警惕公牛！"</u>【名师点睛：患难见真情，写出狄洛对人类的感情，对狄狄不离不弃的真情。】

狄狄竭力自卫，却于事无补。

"我们坚持不住了，狄洛！我被榆树打中了！我的手血流不止！"他倒在地上，"我顶不住了！"

"来人了！"狗说，"我听见了！……咱们有救了！是光明！……有救了！……看，他们胆怯了！他们逃跑了！……有救了，我的小主人！……"

确实，光明正朝他们赶过来，在她身后，晨光把森林照亮了，明如白昼。

她看见两个小家伙的狼狈模样和伤痕累累的狄洛，大吃一惊，问道："怎么回事？……发生什么事啦？唉，可怜的孩子！难道你不知道啊？赶快转动钻石！"

狄狄照她的吩咐去转动钻石，树的灵魂立刻回到了各自的树干，接着树干就合上了，动物的灵魂也不知去向了。眼前空空如也，只有一头母牛和一只绵羊在远处安静地吃草。森林重返宁静，狄狄若有所思地看着四周。

<u>"没事儿了，"他庆幸地说，"要是狄洛不在身边，我又没刀的话……"</u>

<u>光明觉得他已经受尽了苦头，就没有训斥他。</u>【名师点睛：这里写出了光明的温柔善良和对狄狄不服从命令、私自行动的宽容。】而且，刚才那可怕的危险也让她惴惴不安。

狄狄、美狄和狄洛九死一生，他们都欣喜若狂，互相亲吻着。他们笑着数身上的伤口，幸运的是都只是轻伤。

只有狄莱特在无理取闹。

"我的爪子被狗弄破了！"她哭诉着。

狄洛恨不得一口把她吃了。"没关系！"他说，"先记下这笔账吧！"

"你别打搅他行不行，阴险的东西？"美狄气愤地说。

咱们的朋友回到光的庙宇休息。狄狄为自己不服从命令愧疚不已，没敢提看见青鸟的事。光明和蔼地对孩子们说：

青鸟

"孩子们,今天的经历让你们明白,在这个世界上,万物都是人类的敌人。请铭刻于心。"【名师点睛:幸福是一种对自然万物的统治和奴役吗?如果幸福意味着损耗自然万物来满足人类的愿望,那么人类就会成为自然万物憎恨的敌人。】

知识考点

1.填空题。

（1）狄狄的意志太薄弱,经不起_____的怂恿,准备和她去寻找青鸟。

（2）树和动物们决定对狄狄用刑时,小公牛提议用角顶,_____说用自己最高的树枝把孩子们吊死,常春藤已经开始准备绞索了!

2.判断题。

（1）狄莱特撒谎称自己找到了青鸟,瞒着光明带着兄妹俩来到了森林。（　　）

（2）挣断绳子的狄洛,推开树和动物,冲到狄狄面前要保护小主人。（　　）

3.问答题。

各种树木都想杀死狄狄,为什么却没有人动手?

_____

_____

阅读与思考

1.遇到困难,狄洛是如何保护自己的主人的?

2.为什么老橡树后来放弃了为树类复仇?

第九章 告 别

名师导读

狄狄和仙女约定的时间到了,光明要跟大家道别了,糖、面包、水、火、猫、狗的灵魂也即将消失,此时,狄狄仍然没有找到青鸟,他该如何向仙女交代呢?

自从去年平安夜兄妹俩出来寻找青鸟到现在,已经将近一年的时间了,真的是时光飞逝啊。离别的时刻很快就要到来了。【名师点睛:"离别的时刻很快就要到来了",开篇呼应标题。可兄妹俩还没有完成他们的使命,他们是否会失信于仙女呢?】光明最近很伤感,她郁闷地数着日子,却没有向那些动物和物品透露什么,对即将分别的事,他们一无所知。

咱们最后一次见到他们时,他们都在光明的花园里。光明站在大理石的露台上望着他们,狄狄和美狄分别睡在她的两边。过去十二个月发生了不少事情,然而由于没有智力的引导,这些动物和物品的生命不进反退了!

面包陶醉于饕餮之乐,胖得路都走不动,只能靠忠实的朋友牛奶用轮椅推着走。火的脾气依然暴躁,他和所有人吵架,现在没有谁搭理他,他整天闷闷不乐,落得个又孤单又郁闷的结局。水向来毫无主见,被糖的花言巧语迷住了心窍,和他结婚了。婚后的糖瘦得不成样子,他一天比一天憔悴,一天比一天糊涂,而水呢,结婚以后便失去了她最可人的优点——单纯。猫仍然阴险狡诈,咱们的朋友狄洛一直都无法控制对她的仇恨。【名师点睛:这一段描写了动物和物品们的现状,从侧面说明灵魂

青鸟

的成长需要有智力的引导。】

"可怜的东西!"光明暗想着,叹了口气,"虽然他们获得了生命,却一无所获!他们游历了那么多地方,却对我这静谧庙宇里的奇妙景观熟视无睹!他们要么整天吵架,要么沉溺于花天酒地。他们太愚蠢了,连享受自己的幸福都不懂得。看来他们只有在快要失去幸福时,才会意识到这次机会的重大意义……"

这时,一只漂亮的银翼鸽子飞来,落在她的膝上。它的脖子上套着一个翡翠环,翡翠环上面系着一张纸条。这是仙女贝里吕娜的信使。光明犹豫着打开信,只见一行字跃然纸上:

"记住,一年的时间到了。"【名师点睛:借助仙女的信鸽来告诉大家分别的时间到了,增加了故事的趣味性和神秘感。】

光明站起来,舞动一下魔杖,一切景物便不知去向了。

几秒钟后,大家都站在一堵高墙外面,墙上有一扇小门。黎明的阳光让树顶看起来也是金色的。光明怀抱中的狄狄和美狄终于醒来了,他们揉着眼睛,惊讶地打量着周围的景物。

"怎么?"光明对狄狄说,"不会连这堵墙、这扇小门你都不认识了吧?"

睡眼惺忪的小男孩摇摇头,他一点也不记得了。光明提醒他说:

"这堵墙围着一所屋子,恰好一年前的那个晚上,咱们就是从这儿启程的……"

"一年前?……噢,我想起来了……"狄狄高兴得手舞足蹈,跑到门边,"咱们一定很快就能见到妈妈了!……我想马上亲亲她,马上,马上!"

但是光明阻止了他。她说时日尚早,爸爸妈妈还在睡觉呢,他会把他们从美梦中惊醒的。

"再说,"她接着说,"不到时辰,门是开不了的。"

"什么时辰?"小男孩疑惑地问。

"分别的时辰。"光明难过地说。

"什么!"狄狄紧张起来,"你要离开我们?"

"这是必须的,"光明说,"一年过去了,仙女会回来跟你们要青鸟。"
【写作借鉴:照应开篇仙女与兄妹俩的约定。狄狄该如何向仙女交代呢?】

"但是我没有青鸟!"狄狄痛苦地叫道,"思念之乡的那只变成了黑色,未来之国的那只飞走了,夜宫的那些都死了,森林里的那只我没抓住!仙女会生气吗?她会怎么说呢?"

"不要紧,"光明说,"你已经竭尽所能。虽然没找到青鸟,却有资格承担找青鸟的任务,因为你展现了你非凡的善良、勇敢和坚强。"【名师点睛:安慰的话语突出了光明的善良、温柔。】

说这些话的时候,光明的脸上洋溢着幸福,因为她知道,配得上去找青鸟和找到青鸟的意义几乎是一样的。然而她不能说出来,这是一个神秘的梦,必须由狄狄亲自去探索答案。【名师点睛:"神秘的梦"是指:其实幸福就在身边,但是需要人们不畏艰难,勇敢地去追求和探索,这样才能找到幸福的所在。】她转向那些在角落里泪流满面的动物和物品,命令他们过来和孩子们吻别。

面包马上把鸟笼放在狄狄脚边,开始口若悬河般地演说:

"请允许我代表大家……"

"我不会让你代表。"火嚷道。

"安静!"水喊道。

"我们自己会说话!"火吼着说。

"没错!没错!"糖厉声叫着。他知道自己时日无多,不停地吻着水,因而也就不停地在大家眼前消融。

可怜的面包,他的声音完全被一片喧嚷声所掩盖。光明不得不出来干预,要求大家安静。然后面包说完了自己最后的话。

"我就要离你们而去了,"他泣不成声地说,"我就要离开了,亲爱的孩子们。你们不会再看到我活的形象……我可见的生命将离开你们的视野,可是我会一直在你们周围,在面包箱里,在架子上,在桌子上,甚至在汤锅旁……我敢说,我是人类最诚实的共餐者、最古老的朋友……"

▶ 青 鸟

"那我是什么呢?"火愤怒地质问道。

"安静!"光明催促道,"时间在流逝……大家抓紧时间向孩子们道别吧。"

火冲上前来,依次搂住狄狄和美狄,疯狂地亲吻他们。孩子们叫苦不迭:

"哎哟!他烧着我了!"

"哎哟!他烫着我的鼻子了!"

"让我吻一下,就不疼了。"水说,她款款地走到孩子们身边。

火找到报复的机会了。

"小心,"他提醒说,"她会弄湿你们的衣服的。"

"我不仅有爱心,而且又温柔,"水说,"我对人最好了……"

"那么那些被你淹死的人呢?"火质问道。

可是水充耳不闻。

"你们一定要喜欢喷泉,要经常听小溪的声音,"她轻声地说,"我永远在那儿。傍晚坐在泉水旁边的时候,你们要认认真真地听它们在说什么……"

<u>说着,泪水像瀑布一样从她的眼睛里一泻如注,淹没了周围的东西。</u>

【写作借鉴:运用比喻的修辞手法,将"泪水"比作"瀑布",突出水和孩子们分别时的难过之情。】但她又继续说:

"一看到水瓶就要想起我……在茶壶里、浇水壶里、储水罐和水龙头里,你们都可以找到我……"

正在这时,糖瘸着腿一拐一拐地走过来,他看上去连站都站不稳了。他用很不自然的声音说了几句伤感的话,接着就停下来,他说这是因为泪水和他的个性不相宜。

"骗子!"面包大声叫道。

火叫着:"麦芽糖!果香糖!焦糖!"

除了两个孩子很难过外,大家哄堂大笑起来。

"狄莱特和狄洛到哪里去了？"狄狄问。

正说着，猫很狼狈地跑了过来，毛发乱蓬蓬地倒竖着，衣服也被撕破了，脸用手帕捂着，就像是犯了牙疼病。她恐惧地呻吟着，狗穷追不舍地跟在她后面，不停地对她又咬、又打、又踢。大家都冲到他俩中间，把他们拉开，然而这两个死对头仍然在互相辱骂，互相怒视着。猫诉说道，狗不但拽她的尾巴，在她的食物里放小钉子，而且还打她。狗只在那里低声叫骂着，一点儿也不抵赖她的指控。【名师点睛：这一段把猫和狗这对冤家之间的仇恨刻画得活灵活现，增强了故事的生动性。】

"知道厉害了吧，"他不住地说，"走着瞧，后头还有更厉害的呢！"

然而，他突然停下来，激动地喘着粗气，舌头一下子变得惨白，因为光明吩咐他和孩子们做最后的吻别。

"最后一次？"可怜的狄洛低声说道，"难道咱们就要和这两个可怜的孩子分开了吗？"

由于悲痛欲绝，他一时不知所措。

"是这样，"光明说，"你要明白，时辰就要到了……咱们都要恢复原先的状态了……"

狗此时才意识到自己面临的不幸，他绝望地狂吠着，向两个孩子身上扑去，狂热、激烈地亲吻着他们。

"不可以，不可以！"他嚷道，"我不愿意！……我不愿意！……我要永远地说下去！……我会很听话的……你会留下我的，我将学会读书写字，学会玩多米诺骨牌！……我会永远保持干净整洁……我再也不会去厨房里偷东西吃……"【名师点睛：狗断断续续的话语，表现了他对小主人的不舍和依恋。】

他在孩子们前面跪着，抽泣并哀求着。然而眼泪汪汪的狄狄却一言不发。狄洛忽然想了一个绝妙的主意。他冲到猫的身边，强作欢颜，并开始亲吻她。可狄莱特却没他那种自我牺牲的精神，马上躲到美狄的身边。

91

青鸟

美狄天真地说道:"就只有你没吻我们了,狄莱特。"

猫假惺惺地说:"孩子们,你们值得让我爱多深,我的爱就会有多深。"

接下来大家都沉默了。

"现在轮到我了,"光明说,"孩子们,请让我来给你们最后一个吻吧……"

她边说着,边把薄纱披在他们的身上,仿佛是最后一次将孩子们包裹在自己强烈的光亮里。她久久地亲吻着他们,狄狄和美狄也恋恋不舍地紧紧拽着她。

"不要,不要,不要,光明!"他们喊着,"和我们留在一起吧!……爸爸什么也不会说的……我们会跟妈妈说,你对我们一直很好……你一个人到哪里去呢?……"

"我不会走远的,孩子们,"光明说,"就在那边,就在那'万物的沉默之国'。"

"不要,不要,"狄狄说,"我不会放你走的……"【名师点睛:从狄狄的语言中,可以看出狄狄对光明的深情,舍不得与光明分别的情感。】但是光明像母亲那样安慰着他们,说了使他们永远不会忘怀的一番话。许多年以后,就连狄狄和美狄自己都成了爷爷奶奶的时候,他们仍旧记得这番动人的话,并且反复地把这些话讲给自己的孙儿们听。

光明是这样说的:

"听我说,狄狄。不要忘记,你所看见的世上的每件东西,都没有起始和终结。你们要牢记这一点,让它伴随你成长,那么,不管遇到什么情况,你们都能知道该希望什么,该怎样说,该怎样做。"

孩子们都哭了。光明充满深情地继续说道:

"不要哭,我亲爱的孩子们。我的声音没有水那样动听,我只有人们不能理解的光亮,但是我会永远守护着人们。你们一定要记住,在洒下的每道月光里,在闪耀的每一颗星星里,在升起的每一个黎明里,在点亮的每一盏灯里,在你们美好善良、积极进取的心灵里,都是我在对你们说话……"【名师点睛:光明象征着世间各种美好的事物,她就在人们日常生活的点点滴滴中,需要人们发现她,体会她。】

此时,小屋里的挂钟敲响了八下。光明停顿了一会儿,之后用微弱的声音说:"再会!……再会!……时候到了……再会!"

她的薄纱慢慢消失了,她的笑容慢慢黯淡了,她的眼睛慢慢闭上了,她的身影逐渐隐没了,在泪光中孩子们只见一道光线自他们脚下慢慢消失。他们回头一看,发现所有的动物和物品也不知道在何时已消失不见了……

知识考点

1.填空题。

面包陶醉于饕餮之乐,胖得路都走不动,只能靠忠实的朋友_____用轮椅推着走。火的脾气依然暴躁,他和所有人吵架,落得个又_____又_____的结局。水向来毫无主见,被____的花言巧语迷住了心窍,和他结婚了。水结婚以后便失去了她最可人的优点——_____。

2.判断题。

(1)"世上每件东西,都没有起始和终结"是狄莱特说的。　　(　　)

(2)孩子们用了一年的时间,但是仍然没有找到青鸟。　　(　　)

3.问答题。

为什么动物和物品拥有灵魂后生命不进反退?

阅读与思考

1.大家是如何从光的庙宇回到狄狄家的?

2.狄狄在约定的时间没有找到青鸟,光明是如何安慰他的?

▶ 青鸟

第十章　醒　来

> M 名师导读
>
> 　　从梦中醒来的兄妹俩非常激动,他们把梦中的奇遇讲给妈妈听,那些荒诞离奇的情节妈妈听了会有什么反应呢?当邻居贝尔兰戈太太提出想要狄狄喂养的鸟时,狄狄是什么反应?他为什么会有这样的反应?

　　在樵夫狄尔家的墙壁上,闹钟已经敲响了第八下,狄狄和美狄还在床上睡着。妈妈将围裙撩起掖在腰间,然后手叉着腰,站在旁边看着他们。她一边笑着,一边责备着他们。【名师点睛:故事情节从梦境转换到现实,过渡巧妙自然。】

　　"我可不同意让你们一直睡到中午,"妈妈说,"行了,快起床,你们这两个小懒虫!"

　　可是不管她怎样摇他们,亲吻他们,拉扯他们身上的被单,他们总是滑回床上去,躺倒在枕头上,脸朝向天花板,张大着嘴,紧闭眼睛,脸颊通红通红的。

　　最后,妈妈用手轻轻戳了戳狄狄的肋骨,他这才睁开了眼,低低地说:"怎么了?……光明?……你到哪里去了?……别,别,不要走……"【名师点睛:从狄狄睡梦中的话语里,可以看出光明和兄妹俩寻找青鸟的经历深深烙在他的脑海中。】

　　"阳光?"狄狄的妈妈笑着说,"阳光当然是在这里了……天早就亮了!……你这是怎么了?……好像看不见似的……"【名师点睛:很明显妈妈口中的阳光与狄狄所说的光明不是一个事物,妈妈的疑惑让故事显

得更有趣味性。】

"妈妈！……妈妈！"狄狄揉了揉眼睛说，"是你呀！……"

"是的，当然是我！……你为什么这么怪怪地盯着我？……难道是我的鼻子倒过来了？"

狄狄这时已经完全醒了，他没有回答妈妈的问题。他兴奋得快要发疯！他已很久没看到妈妈了，对她怎么亲也亲不够。

妈妈有点慌了神。这是怎么了？儿子难道神志不清了？他怎么突然间说一些莫名其妙的话？说什么他和仙女、水、牛奶、糖、火、面包、光明一起去了很远很远的地方！还说他离开家已经一年了！

"可是你从来就没离开过房间呀！"妈妈叫道，她感到很可怕，"我昨天晚上把你们送上床，早上你们不还在床上吗？今天是圣诞节了，你听见村子里的钟声了吗？"

"今天当然是圣诞节，"狄狄执着地说，"我就是在一年前那个平安夜走的，离开了整整一年嘛！……你不要生我的气……我没向你告辞，你很难过吗？……爸爸说了些什么？……"

"算了，你还没睡醒呢！"妈妈这样说，算是安慰自己，"你准是做梦了！……快起来吧，把裤子和小夹克穿上……"

"咦，我为什么穿着衬衣呢？"狄狄说。

他跳起来，在床上跪着，开始穿衣服，<u>妈妈一直神色不安地看着他</u>。

【名师点睛：狄狄一系列反常的言行，远远超出妈妈的认知范围，所以妈妈神色不安。】

小男孩继续述说着："如果你不相信，可以去问美狄……啊，我们的经历真是太难以置信了！……我们还看到了爷爷和奶奶……没错，那是在思念之乡……我们从那里路过。他们虽然死了，可是他们的身体很好。是这样吧，美狄？"

美狄这时候也醒了，她和哥哥两人开始你一言我一语，绘声绘色地说起了看望爷爷、奶奶并和弟弟妹妹们一起玩的事儿。

▶ 青 鸟

听了他们的话,妈妈再也无法忍受了。她冲向小屋门口,用尽力气喊她的丈夫让他快过来。此时,狄狄的爸爸正在森林里砍柴。

"天啊!"她哭喊着说,"我已经失去了好几个孩子,我们不能再失去他们了!……亲爱的,快回来!……快回来!……"

狄狄的爸爸很快拿着斧子赶回了屋。他一面听着妻子的哭诉,一面听两个孩子讲述他们离奇的经历。孩子们还问爸爸过去一年都做了什么。

"你看,你看!"狄狄的妈妈哭泣着说,"他们两个都神志不清了,他们会出事的,赶快叫医生来呀……"【名师点睛:因为妈妈不明白事情的原委,加上之前失去孩子的打击,所以才会觉得两个孩子在说胡话,并认为他们这种状况一定是生了什么病。】

但是樵夫不会为这样的小事儿而惊慌失措。他吻了吻孩子们,平静地点燃了烟管,果断地说两个孩子看起来状态很好,用不着紧张。

这时,传来了一阵敲门声,他们的邻居走了进来。这是一位小个子的老妇人,她手拄着拐棍,长得非常像仙女贝里吕娜。孩子们马上搂住她的脖子,然后在她周围雀跃起来,大声欢呼:

"她是仙女贝里吕娜!"【名师点睛:此时梦境和现实产生了交融,所以孩子们更加坚信他们所经历的事情是真实的,于是开心不已。】

邻居有点耳背,没注意到他们对她的称呼。她对狄狄的妈妈说:"我是想借点儿柴火,用来炖我的圣诞肉汤……今天早上可真冷……早上好,孩子们,你们好吗?……"

这时,狄狄想到了什么。见到仙女当然很高兴,可是等会儿若是听说他没找到青鸟,她会说什么呢?他下定决心,勇敢地向邻居走去:"令人尊敬的贝里吕娜仙女,我没有找到青鸟……"

"他在说什么?"邻居听了狄狄没头没脑的话,吓了一跳。

狄狄的妈妈又慌乱起来:"狄狄,你怎么连贝尔兰戈太太也不认识了?"

"我当然认识,"狄狄上下打量着邻居,"她就是仙女贝里吕娜呀。"

"贝里……什么？"邻居惊讶地问。

"贝里吕娜。"狄狄冷静地答道。

"贝尔兰戈，"邻居说道，"你说贝尔兰戈。"

她这种自以为是的语气使狄狄有些不高兴。他回答说：

"贝里吕娜，贝尔兰戈，不管怎么叫都可以，太太，可是我明白自己在说什么……"

狄狄的爸爸也无法忍受了，气愤地说：

"像这样的疯话总得有个结束的时候，让我来打他们几个耳光就好了。"

"别这样，"邻居说，"用不着。这样的事我知道，只是梦在作祟罢了。大概是他们睡觉时被月光照了[来自西方传说，月光(特别是满月的光)会影响人的心智]……我的那个病秧子小女儿常常这样……"【写作借鉴：语言描写，可以看出贝尔兰戈太太是一个很善良、大度的人。】狄狄的妈妈把自己的担心暂时放下了，开始询问起邻居女儿的病情。

"还是那样吧，"邻居摇了摇头说，"她还是起不来床……医生说是脊髓出了问题……可是，我倒是知道什么能把她治好。今天早晨她又找我要了，说是当成圣诞礼物……"【写作借鉴：语言描写，贝尔兰戈太太的女儿究竟想要什么礼物？此处没有明说，给故事增加了神秘感。】

她迟疑了一会儿，看了看狄狄，叹了叹气，无奈地说：

"我真不知怎么办？她着了迷，一心想要你那东西……"

大家都沉默地互相看着，他们都明白邻居这话是什么意思。她的小女儿总说，要是狄狄把他的斑鸠送给她的话，她的病就会好了，但是狄狄太喜欢那只鸟儿了，实在舍不得……

"好啦，"妈妈对狄狄说，"你还不愿意把你的鸟儿送给这个可怜的小女孩吗？她眼巴巴地盼了这么长时间了！"

"我的鸟儿！"狄狄嚷叫道。他拍了拍前额，就像是他们提起了什么稀奇的事儿。"我的鸟儿！"狄狄喃喃地说，"对呀！我怎么会忘记呢？

▶ 青鸟

还有笼子！……美狄,你看到那个笼子了吗？……就是面包拎的那个笼子……是的,是的,就在那边,那个笼子就是！"

狄狄简直不敢相信自己的眼睛。他搬来一把椅子,在笼子下方放好,然后兴奋地爬了上去,一边爬一边说：

"我很愿意送给她,当然愿意！"

但眼前的情景,让他目瞪口呆。"咦,它成了青色的！"他说,"它还是我原来的那只斑鸠,但是我不在家的时候却变成青色的了！"

我们的小主人公这时从椅子上跳下来,一边高兴地跳着舞,一边嚷道：

"咱们一直都在找的青鸟原来竟然在这里！【名师点睛：真可谓"踏破铁鞋无觅处,得来全不费工夫"。足以想象出狄狄此时欣喜若狂的样子。】咱们跑了那么远的路,它却在这儿！它竟然是在家里！……啊,真是太好了！……美狄,你看到这只鸟儿了吗？光明会说什么呢？……给您,贝尔兰戈太太,快拿给您的小女儿吧……"【名师点睛：狄狄原本舍不得送出自己的斑鸠,但在他经历追寻幸福的旅行后,他的人格得到了发展,懂得了给予的快乐。】

狄狄兴奋地喊着,而他的妈妈扑向丈夫怀里,痛苦地说："你都看到了吗？……你看到了吗？……他又犯病,他是不是精神错乱……"

此时他们的邻居贝尔兰戈却满脸喜色,她双手合十,开始语无伦次地道谢。当她接过狄狄交到她手中的鸟儿时,她简直不敢相信自己的眼睛。她把小男孩紧紧抱在怀里,流下了幸福、感激的泪水。

"你是真的送给我吗？"她不住地说,"你就这样地送给我,不向我索取什么吗？……我的女儿她见到会高兴得发疯的！……我马上就给她拿去！……我得走了！……她会说些什么,我到时回来告诉你……"

"好的,好的,赶快去吧,"狄狄说,"有的青鸟颜色会变的！"

邻居贝尔兰戈冲出屋去,狄狄把门关上。【名师点睛：从"冲出屋去"可以看出贝尔兰戈激动、兴奋的心情。】然后,他站在门槛上,转过身来看着小屋的墙,观察着周围的一切,好像发现了什么奇迹。

"爸爸,妈妈,你们给咱们的房子做了些什么?"他问,"还是原来的房子,可是变漂亮了。"

他的爸爸妈妈迷惑不解,被他搞糊涂了。狄狄仍在叨叨:

"是的,所有的都重新上了漆,看起来都像新的。家具都干干净净,闪着光彩……你们看窗外的那片森林!……那样大,那样美!……都像是新的一样!……在这里生活多幸福啊,啊,我太幸福了!"【名师点睛:狄狄在经历了一系列历练后,心灵得到了成长,开始发现和体会到身边的幸福。】

樵夫和他的妻子没有办法知道他们的儿子到底怎么了,但是亲爱的小读者们,你们一直跟随狄狄和美狄在美丽的梦境中游历,一定明白是什么改变了事物在咱们小主人公眼中的原本形象。

仙女在梦中赠送给他的开眼法宝确实发生了作用。他明白怎样发现身边事物的美了,他经受住了考验,勇气得到了锻炼。在为仙女的小女儿去寻找青鸟——幸福之鸟——这个过程中,他变得更慷慨,更善良,心里只想着给别人带来欢乐。而且,在那些无穷无尽、奇妙非凡的想象之境旅行后,他也终于向生活敞开了心灵。

狄狄感觉身边的一切都变得更美好了,他的感觉是对的,因为随着他对整个世界的理解更加成熟、更加纯粹,他眼中的东西必然会更加美好。

狄狄还在高兴地环视着小屋。他在面包箱上靠着,亲切地和面包们说话;他冲到还在篮子里睡觉的狄洛旁边,称赞他在森林之战中的英勇。【写作借鉴:语言、动作描写,可以看出狄狄还沉浸在梦境中,说明梦境对他的影响很深。】

美狄弯下腰,轻轻地抚摸正在壁炉旁打着盹儿的狄莱特,说:

"嗨,狄莱特!……我知道你现在还认识我,但是你却不会说话了。"

狄狄伸手摸了下额头。

▶ 青 鸟

"哎呀！"他大叫起来，"钻石没有了！……我的小绿帽被谁拿走了？……没什么，反正我也不用了！……啊，火在那里呢！早上好，先生！你又在惹水生气呢！"他跑到储水罐前，把水龙头打开，躬下身子说："早上好，水，早上好！……你在说什么？……可我再也听不懂了……啊，我好幸福，我好幸福！"

"我也一样，我也一样！"美狄嚷道。

我们的两个小朋友手拉着手，在厨房里跑来跑去。

看到他们生龙活虎的样子，狄狄的妈妈松了口气，狄狄的爸爸更是彻底放宽了心。【名师点睛：直到看到孩子们像往常一样活泼可爱，樵夫夫妇担忧不已的心才放下。】他坐下来，边喝粥边笑着说：

"你看，他们在做幸福的游戏呢！"然而，可怜的樵夫哪里知道，孩子们并不是在做幸福的游戏，而是在梦中学会了体会生活中的幸福，一场奇妙的梦已经给他们上了最重要而且也是最难学到的一课。

"我尤其喜欢光明，"狄狄踮起脚站在窗边，对着美狄说，"你瞧，她就在树木那边。今晚，她会出现在灯里。所有这些都这么美，我真高兴……"

他忽然停下来，侧起耳朵听着什么，大家都在静听。他们听到从远处传来欢笑声，越来越近。

"这是她的声音！"狄狄喊道，"我来开门！"

站在门口的是贝尔兰戈和她的小女儿。

"你们瞧她！"贝尔兰戈欣喜若狂地说，"她能跑、能跳了！这真是奇迹！她一看到鸟儿，就蹦了起来，就像这样……"【名师点睛：借贝尔兰戈太太之口，交代青鸟对小女孩的病情起的作用，也照应了开头青鸟会给人带来幸福的美好预言。】

贝尔兰戈两腿交替着跳了起来，也不怕摔一跤，把她那个又长又尖的鼻子摔坏。

孩子们都拍手庆祝起来，所有人都开怀大笑。

小女孩身穿白色的睡衣,站在厨房中间,自己病了这么久,竟能站起来,实在令她惊讶。她微笑着将狄狄送的斑鸠抱在胸前。

狄狄看看她,又看看美狄。"你是否觉得她很像光明呢?"他问。

"她比光明的个子小多了。"美狄说。

"是的!"狄狄说,"但是她会长大!……"

三个孩子想去给鸟儿喂些食物,大人们都感到轻松多了,微笑着看着他们。

狄狄脸上闪耀着幸福的光芒。亲爱的小读者们,我不瞒你们,实际上斑鸠根本没有变色,是欢乐和幸福的好心情,使我们小主人公的眼睛给鸟儿镀上了一层美丽的青色。这没什么!狄狄在不知不觉中已经发现光明的大秘密,那就是使别人幸福时,我们自己也就接近了幸福。【写作借鉴:点明文章的主旨,为读者揭示幸福的内涵。】

但是,意外忽然发生了。大家慌乱成一团,孩子们尖叫着,大人们伸开双臂,冲向门口:鸟儿突然飞走了!它拼命振翅,越飞越远!

"鸟儿!我的鸟儿!"小女孩哭泣着说。

狄狄第一个冲到楼梯口,然后他兴奋地跑回来。

"没关系!"他说,"不要哭,它还在屋子里,我们会找到它的。"

他亲了小女孩一下,小女孩破涕为笑了。

"你肯定能捉住它,对吗?"她问。

"这事包在我身上,"小男孩神秘地说,"我知道它在哪里了。"

亲爱的小读者们,现在你们应该也知道青鸟在哪里了吧?亲爱的光明虽然没有直接告诉樵夫的孩子什么,但是她教会了他们善良、热情和慷慨,那样就给他们指明了通向幸福的道路。

假想一下,如果故事刚刚开始,她就对他们说:

"你们回家去吧。青鸟就在那里,就在那所破旧的屋子里,就在柳条笼子里,它与爱你们的爸爸妈妈在一起。"

孩子们一定不会相信她。【名师点睛:交代了光明一直保守秘密的原

青鸟

因。人们常常对自己拥有的幸福视而不见,只有经过磨难和成长后,才能明白幸福的真正含义。】

"什么!"狄狄必然会说,"青鸟难道就是我的斑鸠?瞎说!我的斑鸠颜色是灰色的!……你说幸福就在我家里?和爸爸妈妈在一起?我才不相信呢!家里没有玩具,真没意思。我们想要去很远很远的地方,我们要进行真正的探险,发现并认识各种好玩的事儿……"

他一定会这么说,他和美狄肯定不会听从光明的建议,他们还是要踏上这段旅程。这是因为假如我们不亲自去体验,去尝试,即使是最千真万确的真理也是没有用处的。要告诉一个孩子世上所有的智慧,只需一会儿时间,可是要想让他真正明白其中的道理,即便是漫长的一生也不够用,因为亲身体验才是我们唯一的向导。【名师点睛:作者在小说的结尾交代了光明带领狄狄和美狄旅行的目的,带给读者深刻的感悟和启示。】

我们世间所有的人都希望自己能够过得幸福,活得快乐,所以每个人都苦苦去追寻,去探究,可是幸福、快乐不是每个人想得到就能得到的。当然,幸福、快乐也不像想象中那么难以得到,只要我们都用一颗无私的心去关怀别人,在别人得到幸福的同时,你就会发现自己也变得快乐了。幸福、快乐其实是一件很简单的事情。

Z 知识考点

1.填空题。

当狄狄把青鸟送给邻居时,狄狄的妈妈_____,贝尔兰戈太太_____,_____,开始语无伦次地道谢。她简直不敢相信自己的眼睛,她把狄狄紧紧抱在怀里,流下了_____的泪水。

2.选择题。

为什么一开始狄狄不肯把自己的青鸟给小女孩,最后却慷慨地送给了她?（ ）

A.狄狄被邻居小女孩感动了,于是主动送给她青鸟。

B.狄狄受了胁迫,不得不把青鸟送给小女孩。

C.那只青鸟本来就是属于邻居小女孩的,所以必须送回去。

D.经过梦中游历,狄狄明白了幸福的真谛,他摆脱了狭隘自私的想法。

3.问答题。

狄狄的妈妈为什么觉得狄狄和美狄生病了?

_____

_____

阅读与思考

1.狄狄为什么会把贝尔兰戈太太当成自己认识的仙女?

2.通过对本书的阅读,你知道如何得到幸福和快乐了吗?

青鸟

《青鸟》读后感

　　许多事物表面上看并没有生命，但在比利时作家梅特林克笔下，这些事物却犹如被施了魔法一般，变成了一个个独具特色、性格各异的生命，这一特点从他的代表作《青鸟》就可见一斑。

　　《青鸟》这本书写了这样一个故事：一对兄妹——狄狄和美狄受仙女贝里吕娜委托，为她生病的孩子寻找代表幸福的青鸟。他们在各种精灵的陪伴和帮助下进入各种神奇的地方，在光明的指引下去寻找青鸟，但找到的青鸟不是死亡就是飞走了。然而，兄妹俩却因此获得了成长——从胆小怯弱变得勇敢坚强。回到家后，狄狄发现自家的小鸟变成了青鸟，女邻居和仙女长得一模一样。当邻居提出想要狄狄的鸟给她的小女儿治病时，善良的狄狄把青鸟送给了邻居的小女儿，没想到小女孩一看到青鸟，病立刻好了。

　　在寻找青鸟的过程中，狄狄的表现非常出色。当大家很害怕，并劝说狄狄不要开门时，狄狄却选择勇敢面对，"幸福已经唾手可得，哪怕要冒着生命的危险，也绝不能放弃，一定要拼尽全力，将它交到人类手中！"这是一种怎样的力量支撑着他啊！当狄狄遭受橡树的攻击时，为了保护妹妹，他没有退缩，而是"从衣兜里拿出了刀，勇敢地迎上去"，橡树见到他如此勇敢果断，害怕得逃跑了。真所谓狭路相逢勇者胜！瘦弱的狄狄此刻在我心里就像是一个巨人，一个勇敢、有担当、胆识过人的巨人！只有勇于战胜一切困难险阻，勇敢追寻幸福的人，才能找到自己的青鸟。

　　这个世界上并不存在青鸟，也不存在仙女、光明，一切都出于作者丰富的想象。斑鸠变成了青鸟，也是因为漫游梦境后，狄狄眼中充满了美,充满了爱,他明白给他人带来幸福的同时,自己也就拥有了幸福。只要学会发现美,学会感悟美,生活处处都是幸福。所以,生活中不是缺少美,而是缺少发现美的眼睛。我们应该学会乐观地看待一切,拥有一双发现美的眼睛,细细地体会我们身边的种种幸福。

青鸟

参考答案

第一章 樵夫小屋

知识考点
1. 十　乌黑　爽朗　六　金色
2. (1)C　(2)C　(3)B
3. 招来了水、火、牛奶、糖、面包等物品。

第二章 仙女宫殿

知识考点
1. (1)B　(2)B　(3)A
2. (1)√　(2)×
3. 一群萤火虫组成的云，托着他们飞到了仙女的宫殿。

第三章 思念之乡

知识考点
1. (1)B　(2)C
2. (1)×　(2)×
3. 狄狄把白菜汤锅拽翻了，汤洒在了大家的腿上，烫得孩子们龇牙咧嘴，把奶奶也吓了一跳，因此爷爷狠狠地打了狄狄一记耳光。

第四章 夜宫

知识考点
1. (1)苔藓床上　(2)夜
2. (1)×　(2)√
3. 因为她想阻止狄狄和美狄找到青鸟。

第五章 未来之国

知识考点
1. C
2. √
3. 他们找到了青鸟，但是狄狄无意中松开手臂,青鸟飞走了。

第六章 光的庙宇

知识考点
1. (1)B　(2)C
2. (1)×　(2)√
3. 光线异常强烈，会刺伤眼睛。

第七章 墓地

知识考点
1. (1)半夜　(2)荒草堆
2. (1)×　(2)√
3. 池塘里的水映出的并不是面容，而是驻足者的灵魂。

第八章 森林

知识考点
1. (1)猫　(2)山毛榉
2. (1)√　(2)√
3. 因为各种树木都很胆小。

第九章 告别

知识考点
1. 牛奶　孤单　郁闷　糖　单纯
2. (1)×　(2)√
3. 因为没有智力的引导，整天沉溺于享乐。

第十章 醒来

知识考点
1. 扑向丈夫怀里　满脸喜色　双手合十　幸福、感激
2. D
3. 因为狄狄和美狄说的话,她听不懂,所以她觉得他们生病了。